KB113869

용병들의 대지
Road of Mercenaries

용병들의 대지 3

이모탈 퓨전 판타지 소설

초판 1쇄 찍은 날 § 2016년 8월 23일
초판 1쇄 펴낸 날 § 2016년 8월 30일

지은이 § 이모탈
펴낸이 § 서경석

편집책임 § 배경근

펴낸곳 § 도서출판 청어람
등록번호 § 제387-1999-000006호
등록일자 § 1999. 5. 31
어람번호 § 제1-2512호

주소 § 경기도 부천시 원미구 부일로 483번길 40 서경B/D 3F (우) 14640
전화 § 032-656-4452 팩스 § 032-656-4453
http://www.chungeoram.com
E-mail § chungeorambook@daum.net

ⓒ 이모탈, 2016

ISBN 979-11-04-90944-3 04810
ISBN 979-11-04-90905-4 (세트)

이모탈 퓨전 판타지 소설
FUSION FANTASTIC STORY

용병들의 대지
Road of Mercenaries

3

도서출판 청람

C O N T E N T S

CHAPTER 1
사전 준비

마코브스키 부대주가 길버트의 뒤를 바라보며 물었다.

"한데… 동행 분들이십니까?"

"그렇소만?"

길버트는 마코브스키 부대주의 말 속에 숨길 수 없는 비웃음이 담긴 것을 알 수 있었다. 때문에 그의 심정은 결코 좋을 수 없었다. 하나 그는 마음속에 있는 말을 그대로 드러낼 정도로 그런 어리석은 사람은 아니었다.

길버트의 반문에 마코브스키 부대주는 짐짓 당황한 표정을 지어 보였다.

"동행이 계신 줄 모르고 급하게 나오느라 말을 미처 준비하지 못했습니다."

"그렇소? 철저하신 분께서 그런 실수를 하시다니. 얼마 살지도 않았는데 매사 철저하던 부대주의 실수를 보게 됩니다그려."

길버트의 반응을 살핀 마코브스키 부대주는 속으로 의미심장하게 웃고 있었다.

그는 이미 길버트와 동행한 이들이 용병이라는 것을 알고 있었다. 그는 플람베르 가문의 친위대로 블러드 골렘의 부대주이기는 했으나 완전한 중립은 절대 아니었다.

고지식한 성격의 마코브스키 부대주는 집도 절도 없이 떠돌아다니는 용병들을 결코 좋게 보지 않았다.

'천한 용병들과 동행이라? 그동안 대공자께 무슨 일이 있었던 것인가? 아니면 아직 소싯적의 치기 어린 동정심을 버리지 못하셨단 말인가?'

그의 안색은 딱딱하게 굳어져 있었다. 플람베르 가문은 반드시 장자가 이어받아야만 한다. 물론 자신은 플람베르 가문의 친위대로서 가주의 결정이나 후계 싸움에 놀아날 생각은 없었다.

하나 플람베르 가문의 중요한 직책을 맡고 있는 자신으로서는 플람베르 가문의 적통이 깨지는 모습을 보는 건 가히 기분 좋은 일이 아니었다.

"뭐, 상관없소."

"예? 그것이 무슨……."

"플람베르 가문의 장자로서 동료와 친우를 버리는 일은 해서는 안 되는 일이니 나는 저들과 함께 가겠소."

"하나 말은……."

"오랜만에 가문에 돌아오니 가문의 영역이 어떻게 변했는지 보고 싶어서 말이오."

"그 말씀은?"

"플람베르 가문의 대공자로서 눈에 담아야 하지 않겠소?"

"하나……"

"아! 뭐 가문까지 가는 길을 잊어버린 것은 아니니 공무 중이라면 먼저 들어가서도 되오. 설마하니 플람베르 가문의 영역에서 무슨 일이라도 생기겠소?"

"그야 그렇지만… 어쨌든 알겠습니다. 하면 먼저 돌아가 기다리겠습니다."

무슨 의도인지는 몰라도 마코브스키 부대주는 순순히 길버트의 의견을 받아들였다. 어쨌든 몇 십 년 만에 돌아온 탕아지만 그는 여전히 플람베르 가문의 후계 서열 1위의 대공자이니까 말이다.

"그럼."

마코브스키 부대주는 말 위에서 간단한 목례를 올리고 말머리를 돌려 사라져 갔다.

길버트는 멀어져 가는 블러드 골렘 친위대를 씁쓸하게 바라보았다.

"괜찮나?"

"별로 안 괜찮군."

"그래 보이는군."

아론의 말에 피식 웃어버리는 길버트였다.

이럴 때는 사실 위로보다는 있는 그대로를 말해주는 게 더 나았다. 지금까지 그런 이는 없었지만 말이다.

자신에게 접근하는 이들은 언제나 어떤 목적을 가지고 있었고 그 접근을 허용했을 때에는 반드시 반대급부가 발생했다.

하나 아론은 달랐다. 물론 그가 자신을 얼마나 신뢰하고 있는지는 모르지만 지금까지의 경우를 보자면 그는 확실히 남과는 다른 점이 많았다.

"어떻게 할 텐가?"

"뭐, 우선 세력을 모아야겠지."

"쉽지 않을 텐데?"

"쉬울 것이라고 생각하지는 않네."

"어디서부터 시작할 생각인가?"

"우선 이 걸음부터겠지."

그 둘은 지금 걷고 있었다. 마치 마실 나온 한량처럼 말이다. 그리고 아론은 진즉부터 주변으로부터 전해져 오는 따가운 시선을 느끼고 있었다.

이곳은 플람베르 가문의 영역. 플람베르 가문의 호위대 인장기를 모르는 이는 아무도 없었다.

그런 인장기를 세운 호위대가 다녀갔음에 그것을 보지 못한 이 또한 없었다.

호기심과 의혹의 빛을 띤 영지민들과 플람베르 가문을 염탐하기 위해 파견된 자들, 그리고 정보를 사고파는 정보 길드 등이 날카로운 눈으로 그들을 지켜보고 있었다.

"이 걸음부터라……. 자신의 존재를 알리겠다는 것인가?"

"그렇게 해석해도 되고. 사실 날 반기지 않는 가문의 인원이 좀 많아서 말이지."

"과거의 평판이 그리 좋지 않았던 모양이로군."

그에 어깨를 으쓱해 보이는 길버트였다.

"가문에서는 별로 안 좋았지만 다른 이들에게는 상당히 인기 있었지."

"지금 가는 곳도 그 인기에 영합한 사람이 있는 곳인가?"

"어? 어떻게 알았지?"

정말 놀랐다는 듯이 되묻는 길버트였다. 그에 주변을 연신 두리번거리며 걷던 제라르가 툭하고 한마디 내뱉었다.

"아따, 길버트 형님, 우리 큰형님을 너무 띄엄띄엄 보는 거 아뇨?"

"너는 짐작했냐?"

"그걸 말이라고 하쇼? 내가 점술사도 아니고 그걸 어떻게 아우?"

"그런데 아론은 단박에 알았잖은가?"

그에 제라르가 걸음을 멈추고 길버트를 빤히 바라보다 참으로 한심하다는 듯이 입을 열었다.

"길버트 형님은 큰형님이 대체 어떤 사람이라고 생각하는 거유? 보통의 사람이라면 회색의 숲에서 생존자를 데리고 빠져나올 수 있다고 생각하는 거유?"

"그건……."

제라르의 날카로운 반문에 길버트는 할 말이 없어 볼을 긁적였다. 제라르의 말에 지금껏 조용히 아론의 뒤를 따르던 얀센 역시 한마디 했다.

"보통의 담력과 생각이라면 회색의 숲을 두 번이나 가로지를 수 없을 것입니다. 그리고 죄송한 말이지만 길버트 형님은 아직 아론 형님을 진정한 친구로 인정하고 있지 않은 듯합니다."

"그것이 무슨 말인가?"

얀센의 말에 눈썹을 들어 올리며 묻는 길버트였다. 그에 얀셴은 무표정하게 다시 입을 열었다.

"길버트 형님의 의식 속에는 무의식적으로 과거의 잔재가 남아 있을 수 있습니다."

"과거의 잔재라면 용병에 대한 세간의 인식 말인가?"

"맞습니다."

"정말 그렇게 생각하나?"

길버트가 날카롭게 물었다.

자신은 언제나 기사로서 용병을 대함에 있어서도 허물이 없다 생각했다. 물론 백인장일 때는 군대의 특성상 상명하복의 명령 체계 때문에 어쩔 수 없이 강압적인 면이 드러나기도 했다. 하나 그 외의 일반적인 행동에 있어서 자신은 결코 평민이나 용병을 자신과 다른 사람이라고 생각하지 않고 같은 사람으로서 동등하게 대했다.

그런데 얀셴과 제라르는 자신의 모습에서 아직도 자신이 그리도 싫어하는 선민의식이 배어 나오고 있음을 경고하고 있었다.

그때 길버트의 어깨를 툭툭 두드리는 두툼한 손이 있었다. 바로 아론이었다.

"자네는 지금으로도 충분하네."

"정말인가?"

"자네와 난 친구이고, 저들은 나의 동생이네. 내 친구이기에 자네를 형님으로 받아들였지만 그러하기에는 아직 서로 간에 신뢰가 쌓이지 않았음을 알아야 해."

"그건… 그렇군."

확실히 아론의 말이 맞았다.

자신은 아론의 친구이지 저들의 형님이 아니었다. 저들과 자신과의 관계는 아론이라는 존재를 거쳐서 만들어진 관계일 뿐이었다.

"내가 오해했군. 자네를 인정하고 받아들이는 만큼 저들도 받아들이고 인정할 그런 시간이 필요함을 간과했군."

"그렇지."

"아니, 형님. 꼭 그렇다는 말은 아니고 말이우."

"맞습니다. 길버트 형님은 아론 형님의 친구이기 때문에 형님이라 불리는 것이지 진정으로 우리의 신뢰를 받아서 형님이 된 것은 아닙니다."

제라르는 둘의 말에 꼭 그렇게 해석하느냐는 듯이 말을 했고, 얀센은 딱 잘라서 인정해 버렸다.

"아니, 얀센 형님. 꼭 그렇게 매정하게……."

"사실 그렇지 않느냐?"

"그야 뭐……."

길버트는 둘의 대화에 고개를 끄덕이며 말했다.

"내가 실수했군. 잘못을 인정하겠네. 그리고 앞으로는 자네들의 신뢰를 얻기 위해 힘쓰도록 하지."

"……."

길버트의 태도에 제라르와 얀센, 그리고 네 명의 용병은 이전과는 조금 다른 시선으로 그를 바라볼 수밖에 없었다.

위에 있는 사람, 특히나 강력한 무력과 권력을 가진 사람이 자신의 잘못을 솔직하게 인정하기란 그리 쉽지 않은 일이다.

그런데 길버트는 그것을 솔직 담백하게 인정하고 있었다. 그에 얀센과 제라르를 비롯한 네 명의 용병은 알게 모르게 그를 조금씩 인정하기 시작했다.

단 하나의 행동이었지만 이미 자신들을 받아들일 준비가 되어 있음을 알 수 있었기 때문이다.

'하긴 뭐 아론 형님이 어련히 알아서 하셨으려고.'

'쉽지 않은데. 이 양반, 진심이로군.'

'거 참, 쑥스럽게…….'

그에 고개를 끄덕인 아론이 상황을 환기시켰다.

"대충 다 왔나 보군."

"이젠 더 놀랍지도 않군."

"자네 눈에 묘한 흥분감이 떠올라 있거든."

"관상도 볼 줄 아나?"

"설마 그러려고."

"뭐 어쨌든 자네 말대로 다 오긴 했네."

그가 걸음을 멈춘 곳은 플람베르 가문의 저택으로부터 상당히 떨어져 있는 외진 곳으로 다 쓰러져 가는 허름한 집 한 채가 전부인 곳이었다.

안이 훤히 들여다보이는 대충 엮어진 울타리와 제멋대로 돌아다니는 거위나 닭 등이 보였다.

길버트는 아주 능숙하게 제멋대로 만들어진 문을 열고 들어가며 외쳤다.

"더글러스 있느냐?"

그에 나무로 만들어진 문이 비명을 지르며 열렸다.

끼이이익! 끽!

"……!"

말없이 문을 열고 나온 이가 눈을 부릅떴다.

"오랜만이구나."

"길버트, 길버트 형 맞소?"

"그래, 이놈아. 세상천지에 내가 길버트가 아니면 대체 누가 길버트란 말이더냐?"

"다시 돌아온 것이오? 아니면……."

"다시 돌아왔다."

그 말에 구부정하게 허리와 어깨를 좁히고 있던 더글러스가 입에 웃음을 담고 허리를 폄과 동시에 어깨도 활짝 폈다. 전형적인 문관의 모습처럼 파리할 정도의 얼굴과 비실한 몸이 금방이라도 쓰러질 것 같았으나 허리와 어깨를 펴자 완전히 다른 사람이 되어버렸다.

그러더니 이내 양손을 맞잡고 아랫배에 댄 후 두 발을 모아 조심스럽게 허리를 접으며 입을 열었다.

"대형이 오시기를 기다렸습니다. 누추하지만 안으로 드시지요."

"그래. 그런데……."

"동료 분이십니까?"

"그렇다."

"모두 헌앙하십니다. 평생 동안 날지 않은 새가 날개를 펴니 그 날갯짓이 천지를 휩쓴다 하였습니다. 이와 같은 헌앙하신 분들이 대형을 보좌하니 상서로운 일이로군요."

"아니, 아니다. 나를 보좌하는 것이 아니다. 이들은 나의 아래가 아니라 나와 같은 동료다."

그에 눈을 크게 뜨며 놀라는 더글러스였다.

"동료라는 말씀이십니까?"

"그러하다."

"…조금도 변하지 않으셨군요."

"너만 하겠느냐."

"대형의 머리를 책임져야 할 제가 변하면 되겠습니까? 대형의 은을 입은 자로 한 입으로 두말할 자라면 제가 이곳에 있을 이유가 없습니다."

"알겠다, 알겠어. 어쨌든 소개하마. 내 막역한 친우인 아론이다."

길버트의 소개에 더글러스는 서슴없이 아론에게 허리를 숙이며 입을 열었다.

"대형의 입에서 막역한 친구 분이라는 말이 떨어졌으면 저에게 있어서도 대형이십니다. 더글러스 맥클레인이 아론 대형을 뵙습니다."

한 점의 가식도 없는 더글러스의 행동이다.

"앞으로 내 행보에 힘을 실어줄 동생이네."

"고지식해 보이지만 그러하기에 믿음직스럽군."

"하하, 단번에 더글러스의 성정을 파악했군. 이 친구가 가진 최대의 단점이지."

길버트의 말을 들은 후 아론이 손을 내밀었다.

"반갑다. 아론이다."

"이건……."

손을 내민 아론을 빤히 바라보는 더글러스.

"이미 짐작하고 있겠지만 나는 용병이다. 용병이 손을 내민다는 것은 내 손에 무기가 없음을 의미하고 적의가 아닌 호의를 뜻한다."

"아, 그렇습니까? 반갑습니다."

그의 행동은 정말 추호의 의심도 없었다. 길버트를 전적으로 믿지 않는다면 절대로 있을 수 없는 행동이었다.

"소개하지. 내 동생들이다."

"얀센 크라우프요."

"제라르 헤스터요. 그냥 제라르라 부르면 되우."

"브라이언입니다."

"마이크요."

"유리지라."

"니콜라이거든요."

차례대로 입을 열었다. 그에 더글러스는 그들의 손을 일일이 맞잡으며 반겼다.

"자자, 안으로 드시지요."

"그런데 이들이 다 안으로 들어갈 수 있나?"

길버트는 특히 거대한 덩치를 자랑하는 얀센을 바라보며 말했다. 그에 더글러스는 미미하게 미소를 떠올리며 고개를 끄덕였다.

"대형이 이곳을 나선 지 10년이 넘었습니다. 그동안 제가 아무것도 안 했을 리가 없잖습니까?"

"하긴 그렇군. 너는 언제나 일을 찾아서 하는 타입이니까."

"하하하, 어쩔 수 없지 않습니까? 자아~ 저를 믿고 안으로 드시지요."

끼이익!

문이 비명을 지르면서 열리자 더글러스가 길버트와 아론을 대동한 채 안으로 들어섰다. 하지만 길버트가 보기에는 보통 체구의 남성 서너 명 정도 들어갈 수 있을 정도로 좁은 공간이었다. 그에 더글러스가 씨익 웃으며 아론을 바라봤다.

아론은 방의 구조를 살펴본 후 시커멓게 탄 벽난로 앞에 살짝 떨어져 있는 양탄자 앞으로 다가가더니 양탄자를 면밀히 살폈다. 그리고 벽난로를 살핀 후 시커먼 벽난로의 안쪽으로 손을 쑥 집어넣었다.

덜컹!

아론이 유심히 살피던 양탄자 밑으로 무언가 열리는 듯한 소리가 들려왔다. 그에 아론은 말없이 양탄자를 들췄다. 그러자 나무로 된 허름한 바닥에는 손가락이 겨우 들어갈 수 있을 만큼의 구멍이 한두 개 나 있는 것을 볼 수 있었고, 아론은 서슴없이 그 구멍에 손가락을 끼우고 밀어젖혔다.

스르르륵!

힘없이 밀려 나가는 바닥 판, 그리고 그 아래로 시커멓게 입을 벌리고 있는 공동이 나왔다. 잘 만들어진 계단과 함께 말이다. 밀려난 바닥 판은 벽난로까지 밀려나 있어서 213㎝의 얀센조차도 무리 없이 들어갈 수 있을 정도였다.

"역시……."

"역시?"

더글러스의 말에 길버트가 무슨 말이냐는 듯 되물었다.

"아론 대형의 눈동자에는 현기가 깃들어 있습니다."

"현기?"

그의 말에 길버트는 아론의 눈동자를 바라보았다.

하나 그는 알 수 없었다. 매양 보는 그저 그런 눈동자였다. 그가 느낄 수 있는 것은 굳은 신뢰뿐이었다. 그에 길버트는 고개를 갸웃거렸다.

"나는 모르겠군."

그에 사람 좋은 웃음을 지어 보이는 더글러스.

"길버트 대형께서는 욕심도 많으십니다. 눈동자란 자신이 보고자 하는 것만 보이게 되는 겁니다. 저는 현자의 눈을 보았다면 길버트 대형께서는 아마도 신뢰? 신의? 이런 것을 느끼지 않았나 싶습니다."

"확실히 똑똑하긴 하군."

아론이 한마디 툭 던지고는 계단을 밟아 안으로 들어갔다. 그 뒤를 얀센과 제라르가 따랐고, 나머지 인원 역시 계단을 밟았다. 그 모습에 길버트는 어색하게 아론의 뒤를 바라보다 다시 더글러스를 바라봤다.

더글러스는 서글서글한 미소를 지어 보이며 어깨를 으쓱했다.

"아무래도 아론 대형을 당해내기란 쉽지 않을 것 같습니다."

"끄응. 네 말이 내 마음과 똑같구나. 왠지 모르게 상전을 모실 것 같군."

"흠. 아론 대형께서는 전혀 그럴 생각이 없어 보이십니다만."

"어쨌든 나머지 형제들에게도 연락을 해야지?"

"대형께서 이곳에 걸음을 내딛는 그 순간 그들은 비밀 공간에 들어서 있을 것입니다."

"그래? 그럼 좀 위험하지 않나?"

"아! 그렇군요. 빨리 가야겠습니다."

"아니. 천천히 들어가도 될 게야."

"아니, 왜?"

"기사들이라면 서로의 힘을 확인할 시간이 필요한 법이니까."

"……."

길버트의 말에 살짝 눈살을 찌푸리는 더글러스.

"확실히 벨리사리우스라면 그럴 만도 하겠습니다."

"그래, 그놈은 먼저 힘을 확인하고자 하겠지. 매도 먼저 맞는 것이 낫다고. 아마도 아론이 먼저 들어간 이유는 이미 비밀 공간에 그들이 와 있음을 알고 있기 때문일 게다."

"실로 아론 대형께서는 간단하지 않은 내력을 지니신 분이군요."

"나도 아직 그를 다 파악하지 못했어."

"그렇습니까? 하면……."

"믿어도 돼."

"알겠습니다."

쿠우웅!

그때 그들의 발밑에서 둔중한 진동이 느껴졌다.

푸스스스.

동시에 허름한 집이 진동하며 먼지가 떨어져 내렸다.

"벌써 시작했나 보군."

"아론 대형께서 말입니까?"

"아니, 동생."

"벨리사리우스는 중급의 기사입니다."

"10년 사이에 많이 늘었군. 그래도 동생들이 당해내기는 힘들어."

"그… 정도입니까?"

"그들 중 간단한 사람은 단 한 명도 없다."

"허어."

더글러스는 놀라는 와중에도 기쁘기 그지없었다.

자신을 제외한 네 명의 기사는 모두 중급이었다. 10년 동안

부단히 노력해서 얻은 결과였다. 그리고 그중 벨리사리우스는 정의로운 성격이지만 싸움에 있어서는 포악하기 그지없었다.

힘 또한 덩치만큼이나 타고나서 홀로 이십 명을 이겨낼 정도이다.

사람들은 그를 가리켜 이십인력의 사나이라는 다소 오글거리는 호칭으로 불렀다. 그만큼 그는 이 일대에서 상대할 자가 없을 정도의 힘을 가지고 있었고, 50kg에 이르는 포샤르를 휘두르며 상대를 박살 내버렸다.

그렇게 더글러스는 가장 먼저 나섰을 벨리사리우스를 떠올리며 조심스럽게 길버트의 뒤를 따랐다. 그리고 안으로 들어갈수록 심장을 옥죄는 듯한 서늘한 기세에 절로 손발이 떨려왔다. 그러다 어느 순간 그 모든 느낌이 사라지자 놀라 고개를 들어보니 길버트 대형이 마나로 자신을 보호하고 있는 것이었다.

'이곳을 나섰을 때 이미 중급의 경지셨는데 더욱 강해지셨구나. 상급? 아니, 어쩌면 최상급일지도. 어쨌든 오늘은 유별나게 놀랄 일이 많은 것 같군.'

더글러스는 조심스럽게 길버트의 뒤를 따르며 생각을 정리하고 있었다. 그리고 그가 넓은 비밀 공간에 들어섰을 때는 이미 두 명의 거한이 서로 격렬하게 부딪치고 있었다. 하지만 검술에 문외한인 더글러스조차도 상황을 금방 알아볼 수 있었다.

'벨리사리우스가 밀린단 말인가? 그것도 힘에서?'

그래서 놀랐다.

이 세상에 이십인력의 사나이인 벨리사리우스를 상대로 힘으로 몰아붙일 사람이 있을 줄이야.

콰아앙!

"크읍!"

지지직!

폭음과 함께 벨리사리우스의 신형이 쭈욱 밀려났다. 그 힘이 어찌나 강력했던지 그가 밀려나는 양쪽 발 아래로 깊은 골이 생겨났고, 그가 멈춰 섰을 때는 그의 정강이까지 바닥에 박혀 있을 정도였다.

형편없이 밀리는 벨리사리우스의 모습에 그를 제외한 세 기사의 얼굴이 딱딱하게 굳어 있다. 그들 역시 더글러스와 다르지 않은 생각을 하고 있었다.

'힘으로 벨리사리우스가 밀리다니.'

'강하다.'

'도대체 어디서 저런 자가……'

그들의 시선은 두 사람이 맞붙은 곳으로부터 떨어질 줄을 몰랐다.

"겨우 이 정돈가?"

그때 얀센의 입에서 나직한 목소리가 흘러나왔다. 마치 실망했다는 듯이 말이다. 그에 벨리사리우스의 얼굴이 시뻘겋게 달아올랐다.

"이노옴!"

그가 분노해서 바닥에 묻힌 발을 빼냈다. 그리고 콧김을 뿜어내며 마치 들소처럼 얀센을 향해 달려들었다. 그 모습은 마치 하프 오거 같아서 보기에도 기가 질릴 정도였다. 하나 얀센은 물러서지 않았다.

아니, 오히려 들고 있던 할버드를 버리고 맨손으로 달려오는 벨리사리우스의 양손을 잡았다. 둘은 서로의 손을 깍지 낀 채 힘겨루기에 들어갔다.

"으음!"

"끄으음!"

얀센도 그렇고 벨리사리우스도 그렇고 둘 다 나직한 신음성을 흘려냈다. 누가 더 우세랄 것도 없었다. 팽팽한 힘겨루기에 지켜보는 이들조차 자신도 모르게 마른침을 삼켰다.

무기를 들고 마나를 사용해 험하게 대적하는 것도 비할 데 없는 긴장감이 있지만, 지금과 같이 모든 것을 버리고 오로지 순수한 힘의 대결 역시 이루 형언할 수 없을 만큼의 긴장감을 가져오고 있었다.

하지만 상황은 점점 벨리사리우스에게 불리하게 돌아가고

있었다. 두 사람의 체구가 비슷하긴 했으나 그와 상관없이 시간이 지날수록 벨리사리우스의 팔은 점점 떨려왔고, 그 진동이 점점 커지면서 그의 다리 역시 떨리기 시작했다.

"크으윽!"

마침내 그의 입에서 답답한 신음이 흘러나오며 무릎이 굽혀지고 신형이 아래로 내려갔다. 마치 얀센이 위에서 내리누르는 것 같은 형세가 되고 만 것이다. 그에 벨리사리우스의 얼굴이 불신으로 가득 찼다.

틱!

마침내 벨리사리우스의 무릎이 단단한 바닥에 닿았다.

"져, 졌소."

그에 얀센이 고개를 끄덕이며 깍지를 풀었다. 벨리사리우스는 힘을 압도당했다는 충격에 양 어깨를 축 늘어뜨리고 고개를 떨궜다. 자신의 생에 있어 힘으로 제압당하다니 절대 있을 수 없는 일이었다.

그때 그의 눈앞으로 두툼한 손이 하나 들이밀어졌다. 그는 고개를 들어 얀센을 바라봤다. 얀센은 슬쩍 입꼬리를 말아 올렸다. 그것은 비웃음이 아니라 진정한 상대를 만났음에 즐거워하는 그런 웃음이었다.

"내 생에 이렇게 있는 힘을 다 쥐어짜 본 게 처음이군."

그것은 순수한 감탄이었다. 그에 벨리사리우스 역시 입꼬리를 슬쩍 말아 올리면서 고개를 끄덕이며 그의 두툼한 손을 맞잡고 일어섰다.

"솔직히 말해주시오."

"뭘 말인가?"

"전력이었소?"

"음, 7할 정도?"

얀센의 솔직한 답에 벨리사리우스는 그럴 줄 알았다는 듯이 고개를 끄덕였다.

"허~ 이 세상에 나보다 힘센 사람은 당신이 처음이오."

그러면서도 벨리사리우스는 여전히 맞잡은 손에서 힘을 풀지 않았다. 그때 그들의 여전한 호승심을 가로막는 말이 있었으니 바로 잠자코 지켜보던 또 다른 기사 로버트였다.

"벨리사리우스, 아직 기다리는 사람이 많다."

그에 벨리사리우스는 맞잡은 손에 힘을 풀고 어깨를 으쓱해 보이며 아쉬운 듯 입을 열었다.

"다음에, 다음에 또 붙어봅시다."

"언제든지."

둘이 갈라섰고, 로버트 브루스가 플레일과 호플론을 들고 앞으로 나섰다. 그에 나선 것은 제라르였다.

"로버트 브루스라고 한다."

"제라르."

보통의 기사라면 제라르의 말에 눈살을 찌푸렸을 것이다. 일단 성이 없다는 것은 평민이라는 말이고, 어느 정도 무력을 가지고 있다는 것은 용병임을 증명하는 것이기 때문이다. 하지만 로버트는 그런 것에 별로 개의치 않는 것 같았다.

그런 로버트의 모습에 미미하게 고개를 끄덕이는 제라르. 마음에 들었다. 여느 기사들과 다른 그의 태도에서 말이다. 그리고 등 뒤에 X 자로 메고 있던 대검 두 자루를 꺼내 들었다.

로버트도 작지 않은 신장이었지만 2미터에 가까운 제라르에 비해서는 손색이 있었다.

어쨌든 로버트는 제라르가 양손대검을 그저 장검 꺼내듯이 하는 모습을 보고 직경 1.2미터의 둥그런 호플론을 앞으로 내밀며 비스듬하게 자세를 잡고 플레일을 숨겼다. 이럴 경우 상대방은 당혹스러울 수밖에 없다.

언제 어떻게 플레일이 튀어나올지 모르기 때문이다. 특히나 플레일이란 무기 자체가 기문병기에 속해 막는다고 해서 제대로 막을 수 있는 것도 아니었다. 제라르는 고개를 끄덕이며 두 자루의 대검을 역수로 잡고 몸을 웅크리며 자세를 잡았다.

커다란 덩치와는 어울리지 않는 신중한 모습이다. 로버트는 상대가 자신보다 더 강하다는 것을 본능적으로 느끼고 있었다. 그러함에도 자신을 얕보지 않고 전력을 다하고 있음에 오히려 고마움을 느끼고 있었다.

고개를 미미하게 끄덕인 로버트는 바닥을 스치듯이 뛰어가며 빠르게 제라르를 향해 쇄도했다. 보통이라면 전진하는 만큼 뒤로 물러나는 것이 정상이겠으나 제라르는 뒤로 물러나 방어적인 자세를 취하기보다는 공세적인 입장을 취했다.

원래 쌍수란 것이 변칙적이고 공격적이란 말이 있다. 방어보다 공격에 특화된 검술이기 때문이다. 그리고 제라르는 자신의 장기를 충분히 이용할 줄 알았다. 그는 앞으로 걸음을 내디디며 역수로 쥔 대검을 그어 올렸다.

로버트는 호플론으로 그의 검격을 빗겨 막았고, 동시에 호플론 뒤에 숨겨두었던 플레일을 휘둘렀다.

쉬이익! 까라라랑!

하지만 그의 공격은 성공하지 못했다. 제라르는 대검의 넓은 면을 방패 삼아 플레일의 공격을 흘림과 동시에 회전하며 다시 검을 휘둘렀다.

까앙!

"크윽!"

그들은 지금 마나를 담아 겨루는 것이 아닌 순수한 근력으로만 겨루고 있었다. 그러함에도 불구하고 로버트는 호플론으로부터 전해지는 강력한 충격에 자신도 모르게 이를 악물며 신음을 흘릴 수밖에 없었다.

호플론으로 흘려 막았음에도 불구하고 남아서 자신에게 전해지는 충격은 정말 할 말을 잃게 만들었다. 때문에 그는 잠시 방어 자세가 풀리며 주춤거렸다. 그리고 제라르는 마치 그것을 기다리고 있었다는 듯 맹렬하게 공격해 들어갔다.

콰앙! 콰앙! 쾅!

다른 곳이 아닌, 오로지 호플론만을 두드리는 제라르의 행동에는 실력이 자신에 미치지 못함을 인정하라는 뜻이 숨어 있었다.

제라르는 이미 최상급에 이른 상태였다. 짧다면 짧고 길다면 긴 기간을 아론과 함께했다.

그리고 알게 모르게 아론으로부터 싸움의 기술을 전수 받았다. 그 효과는 마나를 쓰고 있지 않음에도 불구하고 정식으로 검을 배운 이들을 압도할 정도였다. 물론 그 저변에는 쌍수대검이라는 변칙적이고 용병을 하면서 익힌 실전적인 검술이 있기 때문이었지만, 어쨌든 단단하기 그지없는 정규 기사의 벽을 깨뜨리고 있는 것은 분명했다.

"그마안!"

그때 아론의 목소리가 들렸다. 막 로버트의 호플론을 두드리려는 찰나였다. 이미 공격은 진행되었고, 도저히 멈출 수 없을 것 같았다. 하나 제라르는 멈췄다. 그는 슬쩍 호플론 뒤에

몸을 웅크리고 있는 로버트를 바라본 후 검을 수납하고 뒤로
물러났다.

"후우~"

가볍게 한숨을 내쉰 제라르가 입을 열었다.

"방어에만 너무 치중했수. 당신보다 조금이라도 신장의 차
이나 혹은 힘의 격차를 가진 이라면 쉽게 무너질 거유."

"……."

제라르의 말에 말없이 그를 바라보는 로버트. 그런 그의 태
도를 보며 제라르는 계속 말을 이었다.

"그것을 극복하기 위해서는 조금 더 공격적으로 다룰 필요
가 있수. 플레일이 되었든 호플론이 되었든 말이우. 내 생각인
데 플레일보다는 호플론을 강화시키는 것이 좋을 것 같수. 방
패를 방어에만 사용하는 것이 아닌 조금 더 공격적으로 사용
하란 말이우."

"아!"

제라르의 말에 로버트는 무엇인가를 깨달은 듯 보였다.

제라르의 말은 견고함을 바탕으로 변칙적인 기술을 사용하
라는 말이었다. 그의 공격과 방어는 너무나도 정석이었다. 그
래서 금방 눈에 익고, 압도적인 힘으로 눌러 버리면 그의 공
격도 방어도 모두 깨져 나갈 수밖에 없었다.

제라르의 지적에 로버트는 흥분된 얼굴로 고개를 끄덕이며

입을 열었다.

"고맙소."

"고맙기는 뭘. 죽자 사자 싸우는 것도 아니고, 앞으로 한솥
밥을 먹을 처진데 그 정도는 기본이지 않수?"

"한솥밥?"

잠시 의문의 빛을 띠던 로버트는 이윽고 길버트를 발견하
고는 환한 얼굴로 고개를 끄덕였다. 미련하지 않고 나름 책을
가까이하는 그인지라 대번에 지금의 상황을 이해한 것이다.

"주군!"

"대형!"

"형님!"

길버트를 부르는 말은 각기 달랐지만 그 모든 것이 길버트
를 지칭하는 것임은 두말할 것도 없었다. 그에 길버트는 가볍
게 손을 들어 흔들며 반갑다는 듯이 입을 열었다.

"한 십 년 됐지?"

"넘었습니다."

"그런가? 어쨌든 다들 만나서 반가워."

무뚝뚝한 트라야누스의 말에 자신의 머리를 살짝 치며 대
답하는 길버트였다.

"그리고 소개하지. 내 목숨이 아깝지 않은 친우와 그의 동
생들과 수하들을 말이야."

길버트의 말에 네 명은 곧바로 알 수 있었다.

거대한 체구의 두 명은 분명 친우라 불리는 자의 동생일 것이고, 그 뒤에 올망졸망 서 있는 이들은 그의 수하라는 것을 말이다. 하지만 그 수하들마저도 자신들과 비견해 결코 뒤지지 않을 정도의 실력을 지닌 것 같았다.

"우리 둘은 이미 소개했고, 이 형님이 브라이언, 이 형님은 마이크, 이놈들은 쌍둥이 형제로 유리하고 니콜라이."

제라르가 재빠르게 네 명의 수하를 소개했다. 수하라고는 하지만 그것은 그저 대외적인 것이었다. 물론 네 명도 아론을 깍듯하게 마스터라 부르며 철저하게 상하의 구분을 뒀다. 다만 얀센과 제라르는 예전에 하던 것처럼 허물없이 지내고 있었다.

"나는 아론이라고 한다."

"아!"

아론이 스스로를 소개하자 네 명의 기사가 탄성을 내뱉었다. 있는 줄도 몰랐다. 그런데 그가 스스로 자신을 밝히자 여기 있는 그 누구보다도 존재감을 가졌기 때문이다. 그리고 그 존재감은 또한 순식간에 사라졌다. 마치 평범한 사람처럼 말이다.

'비범을 지나쳐 평범이 된 것인가?'

'이런 사람이 존재하다니……'

'가주? 아니, 어쩌면 그보다 더할지도.'

'목숨이 아깝지 않은 친우라……. 진정 홍복이로고.'

그들은 각자의 방법으로 놀라고 있었다.

"자자, 인사는 이쯤에서 끝내고 자리에 앉지."

"알겠습니다."

길버트가 말을 꺼내자 곧바로 더글러스가 어딘가를 만졌고, 커다란 동공의 한쪽 편에서 돌로 만들어진 의자와 탁자가 솟아올랐다.

"허어~"

"10년이 넘는 동안 그저 놀지만은 않았다는 증거입니다."

"누가 놀았다고 했나?"

"그렇게 보시는 것 같아서 말입니다."

"아니, 아니야. 어쨌든 앉자고."

길버트는 마치 자신이 주인인 양 그들을 이끌었고, 그들은 둥글게 마련된 탁자에 서로를 마주하고 앉았다

보통의 회의 탁자라면 상석이 있고 가장 상석에 지위가 가장 높은 사람이 앉게 마련이지만 원탁이라면 누가 가장 지위가 높은지 알 수 없다.

더글러스는 일부러 회의 탁자를 원탁으로 만들었다. 원탁은 상당히 커서 열네 명이 둘러앉아도 자리가 남을 정도였다.

"흠. 이거 좋은데?"

"다행입니다."

길버트의 말을 더글러스가 받았다. 스스로 행하기는 했으나 자신이 섬기는 대형이 탐탁지 않아 한다면 다시 그를 설득해야 할 것이고, 이도저도 여의치 않다면 폐기해야만 한다.

"어쨌든 그동안 놀지는 않은 것 같은데 말이지."

그에 더글러스를 비롯한 네 명의 기사는 슬며시 미소를 떠올렸다. 그것은 자신감을 나타내는 웃음이었다.

"어디 한 번 들어보자고."

"조금 기분 나쁠 수도 있습니다."

"어디 기분 나쁜 일이 한두 번이던가? 나는 어째 이상하게 가문과 관계만 되면 기분 나빠지더군."

기실 길버트는 플람베르 가문에 있을 당시 단 한 번도 행복하다는 생각을 가져본 적이 없었다. 그에게 행복이란 플람베르 가문을 벗어나 이들과 어울려 미친 척하고 놀 때가 가장 행복했다.

그러하니 그의 가문에 대한 감정은 절대 좋아질 수 없었다. 그러함에도 그는 돌아왔다. 그 연유는 미루어 짐작할 수 있었다. 힘을 가지고 그렇게도 싫어하던 권력 싸움에 끼어들겠다는 것이다. 자신이 생각하는 가문을 만들기 위해서 말이다.

그는 깨달았을 것이다. 세상일이란 피한다고 피해지는 것도 아니고, 가족이란 끊는다고 해서 끊어지는 것이 아니라는 것을 말이다. 그렇다면 길버트가 할 수 있는 일은 단 하나이다. 정면으로 맞붙는 수밖에 없었다.

길버트의 심드렁한 말 한마디에 더글러스를 비롯한 네 명의 기사는 그가 달라졌다는 것을 알게 되었다. 가족과의 관계에서 자신에게 쏟아지던 중압감에 방황하던 그런 심약한 길버트 플람베르가 아님을 말이다.

"우선 저희들은 모두 다섯 개의 세력을 만들었습니다. 우선 저는 상인과 마법사를 중심으로……."

아론은 그들의 말을 말없이 듣고 있었다. 그때 제라르가 그에게로 몸을 기울이면서 입을 손으로 가리고 말했다.

"생각보다 세력이 됩니다?"

"음."

그에 아론은 그저 간단하게 수긍만 할 뿐이었다. 지금 보고하는 더글러스라는 자부터 네 명의 기사는 열의에 찬 모습으로 자신이 만든 세력에 대해 열변을 토해냈다. 하지만 아론의 생각에는 그저 그런 수준이었다.

일단 그들이 만든 세력은 대부분이 일백을 넘지 못했다. 소수 정예를 지향한다고는 하지만 그들은 하나로 통합되지 않았다.

실제 그들을 이끌고 전투에 나섰을 때 지휘 계통이 제대로 설 수 있을지도 의심스러웠다.

"이상입니다."

"와우~ 대단한데? 고생했겠어."

일단 길버트는 그들의 노고를 다독였다. 그에 그들은 뿌듯한 얼굴이 되었다. 그 순간 길버트의 시선이 아론에게로 향했다.

"어때?"

아론에게 묻는 것이다. 순간 아론은 더글러스를 바라봤다. 길버트의 소개대로라면 그가 이 조직의 책사로서 그동안 모든 것을 실행해 온 당사자였기 때문이다. 아론의 시선을 받은 더글러스는 조금은 무안한 얼굴이 되었다.

그 또한 지금 이 조직의 단점을 너무나도 잘 알고 있기 때문이었다. 다만 서로의 관계를 생각해 드러내지 않았을 뿐. 그리고 결정적으로 길버트가 돌아오지 않는다면 아무런 소용도 없다는 것이 결정적이었다.

"수고는 했는데……."

아론의 말에 네 명의 기사도 긴장한 얼굴로 그를 바라봤다. 과연 그의 입에서 어떤 말이 흘러나올 것인가?

그를 따르는 이들의 면면을 보면 그 또한 자신들이 주군, 혹은 형님이나 대형으로 부르는 길버트보다 약하지 않았다.

아니, 오히려 길버트를 압도하고 있다고 해도 과언이 아니었다.

"이것뿐이라면 있으나마나한 조직이다."

"크흠."

"그게 대체 무슨 말이오? 있으나마나한 조직이라니. 우리가 얼마나 심혈을 기울여 만든 조직인데……."

"심혈을 기울인 것은 칭찬해 줄 만하지. 하지만 과연 이 조직으로 전투를 치를 수 있을까?"

"그것은……."

하지만 아론은 그들이 변명할 틈을 주지 않았다.

"그리고 그들이 과연 길버트의 명령을 받아들일까? 그중에는 플람베르 가문에 반감을 가진 이들까지 있더군. 그런데 과연 그들이 버려졌다고는 하지만 플람베르 가문의 적자인 길버트의 명령을 받아들일까?"

"그것은 차차 시간을 두고……."

"10년이다. 10년이 넘는 동안 그들을 완벽하게 통제했다고 생각하나? 우두머리가 없는 조직을 말이야."

"……."

아론의 지적에 더글러스는 얼굴을 심각하게 구겼다. 기실 그 역시 가장 걱정하고 있는 것이 바로 아론이 지적한 사항이었다. 너무 오랫동안 우두머리가 없는 조직을 이끌어왔다. 그래서 그들을 네 명의 기사들에게 나눠 배정했고, 그들만의 세력으로 만들기로 했다.

하지만 플람베르 가문의 대공자가 온 지금, 과연 그들이 하나로 어울릴 수 있을 것이냐를 두고 묻는다면 솔직하게 '그렇다'고 답을 할 수 없었다.

"또한 길버트에게는 시간이 없다. 길버트가 나에게 말은 하지 않았지만 돌연 그가 가문으로 돌아오겠다고 했을 때를 가정하면 하나의 이유가 걸린다. 그것은 바로 플람베르 가문에 중차대한 사건이 발생한 것이지."

"그것을 어떻게……."

"여우도 죽을 때가 되면 자신이 태어난 고향으로 머리를 둔다 했다. 하물며 여우가 아닌 사람이 가문을 찾았다는 것은 무엇을 의미할까? 물론 스스로의 다짐과 주변 상황이 그렇게 만들었을 수도 있겠지. 하지만 모든 것을 종합해 봤을 때 분명 지금의 가문을 그가 필요로 하고 있을 것이다. 어떤 이유로든 말이다. 아닌가?"

아론의 추론에 더글러스는 침묵했다. 그에 길버트는 깊고 무거운 한숨을 토해냈다.

"알고… 있었나?"

"권력이란 괴물과 혈연이라는 끈질김을 생각하면 금방 답이 나오지."

별것 아니라는 듯이 말하는 아론의 말에 길버트는 고개를 절레절레 저었다. 그러면서 그의 앞으로 꼬깃꼬깃한 서신을 한 장 밀었다. 아론은 거침없이 그가 건넨 서신을 펼쳐 읽어 내려가기 시작했다.

"그렇군."

담담한 목소리와 함께 그 서신을 더글러스에게 건넸다. 더글러스 역시 그 서신을 받았고, 조금씩 얼굴을 변화시키면서 글을 읽어 내렸다. 물론 그의 표정 변화는 극히 미미했다. 이미 어느 정도 서신의 내용을 짐작하고 있었다는 듯이 말이다.

"짐작하고 있었나 보군."

아론의 말에 고개를 끄덕이는 더글러스였다.

"그 대책은?"

아론은 마치 더글러스의 상관처럼 물었다. 하나 길버트를 비롯해 여기 있는 그 누구도 그것을 불만스럽게 생각하지 않았다. 마치 당연하다는 듯이 여기고 있었다.

그것을 깨달은 더글러스는 흠칫하는 표정을 지어 보였다. 그에 길버트가 입을 열었다.

"그는 나의 생명을 구해주었고, 나와 친구가 되는 그 순간 모든 것을 버렸다. 단지 친구라는 이유 하나만으로 말이지. 어쩌면 나는 그를 완벽하게 친구로 생각하고 있지 않았는지도 모른다. 그러함에도 그는 나를 여전히 친구로 생각하고 있다."

"……"

길버트의 말에 더글러스를 비롯한 네 명의 기사가 침묵했다.

"나는 그를 친구로 맞이했고, 그가 나를 신뢰한 만큼 그를 신뢰하지 못했다. 그리고 이제야 알게 되었다. 이 친구가 아니면 나는 가문으로 돌아가도 내 영역을 만들고 지켜낼 수 없음을 말이다. 너희들은 아직 알지 못할 것이다. 이 친구의 능력이 얼마나 되는지에 대해서 말이다."

거기까지 단숨에 말을 한 길버트는 잠시 말을 끊고 자신의 앞에 놓인 물 컵을 들어 물을 마셨다. 그리고 다시 입을 열었다.

"하지만 이것 하나는 확신한다. 자신을 아직 다 신뢰하지도 않은 친구를 위해 사지로 뛰어든 자다. 회색의 숲을 제 집 안방 드나들 듯 드나드는 자이며, 수백에 이르는 병력으로 그를 몰아침에도 불구하고도 천년거암처럼 꼼짝도 하지 않고 그들을 찍어 누른 자가 바로 내 친구라는 점이다."

그리고 눈을 크게 뜨고 확신에 찬 목소리로 말을 이어갔다.

"우리끼리 자리싸움하고 권력 싸움을 하며 심력을 낭비할 시간이 없다. 플람베르 가문은 영원해야 할 것이고, 내 친구가 원하는 단 하나의 약속을 지키기 위해 나는 모든 것을 받아들일 준비가 되어 있다는 것을 알아야 할 것이다. 내가 그이고 그가 바로 나일 것이다."

길버트는 아론을 경계하려는 듯한 더글러스에게 일침을 가했다.

"나는 플람베르 가문의 후계 싸움 따위에는 관심 없다. 플람베르 가문 역시도 관심 없다. 나의 관심은 오로지 나의 친구가 원래의 자리로 돌아가는 것뿐이다."

거기에 아론의 말이 더해졌다. 그에 더글러스는 자리에서 일어나 두 손을 공손히 모으고 허리를 숙여 읍하며 입을 열었다.

"감히 두 분의 우정을 권력이라는 잣대로 평가하려 한 편협함을 사죄드립니다."

"그 사죄, 받겠다."

"고맙습니다."

그렇게 일단락되었다. 그리고 그들의 대화는 꽤나 오랫동안 지속되었다.

CHAPTER 2

입성

"형님이 돌아왔다고?"

"그렇습니다."

"보냈던 놈들은 어떻게 하고?"

"실패했습니다."

"그 정도로 실력이 뛰어난 것인가?"

"그것이… 여러 세력이 그를 노렸기 때문일 것입니다."

"여러 세력?"

"무슨 이유인지는 모르겠지만 붉은 달과 데드 블러드, 용병들까지입니다."

"뭔 날파리들이 그렇게 많아?"

플람베르 가문의 차남이 마뜩찮다는 듯이 투덜거렸다. 하지만 속내는 그것이 아니었다. 그 많은 인원이 투입되었음에도 불구하고 형님이라는 놈이 가문으로 입성한 것이다. 그것이 마음에 들지 않았다.

어떤 놈들이 형님이란 놈을 노리는지는 상관없었다. 어차피 자신은 많은 인원을 투입하지 않았으니 손해 볼 것도 없었다. 그런데도 실패했다.

"형님이란 놈이 데리고 온 놈들이 많나?"

"그게 열 명이 조금 넘는 것으로 알려졌습니다."

"겨우? 그런데 몇 백 명을 죽였다고?"

"그렇게 알려졌습니다."

"알려져? 확신이 아니고?"

젤루스의 말에 그의 참모 역할을 하고 있는 기요틴 맥그로우가 이마의 땀을 손수건으로 닦아내며 입을 열었다.

"아직 현장 검증이 끝나지 않았기 때문에 심증을 가지고 말씀드릴 뿐입니다."

"현장 검증?"

"가문에서 버려두었던 라이벡 우드를 통과한지라 조사하는 데 어려움이 있습니다."

"형님 놈을 마중 나간 마코브스키 부대주는?"

"혼자 돌아왔습니다."

"그럼 뭐 하러 마중 나간 건데? 안 오겠다면 끌고라도 와야지."

"대공자께서 거절했다고 합니다."

"거절해? 여전히 정상이 아닌 모양이로군."

"그렇게 판단하기에는 여러모로 의문점이 많습니다. 그와 함께 온 자들 역시 직접 보기 전에는 판단하기가 모호합니다."

"아니, 그래도 당신이 내 참모장이잖아? 그럼 뭐라도 확답을 줘야 하는 거 아냐?"

"뭘 봤어야지 말입니다. 정보가 불분명한데 불확실한 생각을 전해봤자 소용없잖습니까?"

주인과 참모가 마치 싸우는 것 같다. 서로 한마디도 지지 않겠다는 듯이 말이다.

"그건 그렇지만 그래도 너무 답이 없는 것 아냐?"

"아, 글쎄, 봐야 안다니까요?"

"보면 확실한 거야?"

"그야 모르죠.?"

"나 원 참, 내가 뭘 믿고 널 참모장으로 삼았는지."

"뭐, 어쨌든 세력을 재정비해야 할 듯합니다."

"세력을 재정비해? 형님 놈이 무슨 세력이 있다고?"

"그래도 플람베르 가문의 정식 후계자이지 않습니까?"

"그렇긴 한데 그 형님 놈에게 붙을 놈들이 있으려나?"

"없으면 없는 대로 압살시켜야 하지 않겠습니까?"

"그렇지. 다시 돌아온 것을 후회하게 만들어줘야지."

"회의를 소집할 필요가 있습니다."

"그럼 그렇게 해."

"알겠습니다. 더 이상 명하실 일은 없습니까?"

"봐야 안다며?"

"그야 그렇습니다만."

"머리 쓰는 건 네가 해야 할 일이지 내가 해야 할 일이 아
냐."

"믿어주시는 건 좋은데 나중에 덤터기 씌우기 없깁니다."

"말이야 바른 말로 다 네 탓이지."

"크음. 어쨌든 나가서 준비하겠습니다."

그 말을 남긴 채 뚱뚱한 몸을 이끌고 연신 땀을 닦아내며
젤루스의 집무실을 나가는 맥그로우 참모장. 그가 집무실을
나가는 순간 젤루스의 얼굴이 심유하게 굳어졌다. 지금껏 맥
그로우 참모장과 농담처럼 대화하던 얼굴을 온데간데없고 싸
늘하기 그지없는 표정만 남아 있었다.

"멍청한 형님 놈. 그냥 거기서 죽지 기어코 죽을 자리를 찾
아 들어오는구나."

*　　　　*　　　　*

고풍스러운 침실.

손때 묻은 가구가 여기저기 배치되어 있고 생각보다 휘황찬란하지 않았다. 그리고 침실 안에는 진한 약 향이 감돌고 있고, 족히 서너 명은 들어찰 자리에 노쇠한 한 명의 인물만이 죽은 듯이 누워 있다.

그때 그 인물의 얼굴에 그림자가 드리워지자 죽은 듯이 누워 있던 인물이 서서히 눈을 떠 자신에게 그림자를 드리운 자를 바라봤다.

그에 공손하게 읍을 하는 그림자. 누워 있던 인물은 자신에게 읍을 하는 인물이 누구인지 알고 있다는 듯이 고개를 끄덕이며 주변을 살짝 훑어본 후 조금은 힘들다는 듯이 자리에서 일어나 앉았다.

"그 녀석이 왔다고?"

"그렇습니다."

"어떻던가?"

"훌륭하게 성장하신 듯합니다."

"입에 발린 말 말고."

노쇠하고 병약한 모습이라고는 상상조차 할 수 없는 카랑

카랑한 목소리가 흘러나왔다.

"입에 발린 말이 아닙니다."

"본디 성정이 있거늘 그것이 시간이 지났다고 변할 것이라고는 생각하지 않네."

"그야 대공자를 직접 뵈어야 알 수 있지 않겠습니까?"

"그야 그렇지. 그런데 어떻게 변했던가?"

전혀 관심 없는 척 독한 말을 쏟아내면서도 궁금한 점을 물어보는 자. 그런 노인을 바라보며 슬쩍 입꼬리를 말아 올리는 그림자.

"조력자가 있더군요."

"조력자라……. 뛰어난가?"

"감히 제가 측정할 수 없었습니다."

"그래?"

그림자의 말에 살짝 놀라는 노인. 입꼬리가 미묘하게 틀어진 것이 그리 나쁘지 않아 보였다. 하지만 그의 표정은 나타날 때보다 더 빠르게 사라졌다.

"그건 그렇고, 다른 놈들은?"

"뭐 가주께서 아시는 대로입니다."

"모르니까 묻는 거네."

"세력의 증감은 없었습니다. 여전히 세 개의 세력으로 나뉘어져 있고, 그중 젤루스 이공자는 내부 단속을, 더펙티오 삼공자는 세력 확장을 노리고 있습니다."

"쯧. 둘째 놈은 너무 차가워서 탈이고 셋째 놈은 너무 폭급해서 탈이로군."

"거기에 예전의 대공자와 현재의 사공자는 너무 무르고 무능해서 탈이고 말입니다."

그림자의 말에 노인은 슬쩍 그를 바라본 후 가타부타 말이 없었다. 다만 무언가 깊이 생각하는 모양새였다. 그러다 문득 입을 열었다.

"칼뤼베이우스 가문은 움직임은?"

"칼뤼베이우스 가문의 장자인 스틸러스 칼뤼베우스와 마테리아 가문의 차녀인 아마조네스 마테리아의 정략결혼으로 혼인 동맹이 결성되었습니다."

"끄응. 결국 염려하던 대로군."

"그리고……."

"그리고?"

"포세이두스 가문에서 혼인 동맹을 제의해 왔습니다."

"누구와?"

"삼공자입니다."

"그럼 엘리오스 가문에서도 제의가 왔겠군."

"그렇습니다."

"둘째 놈이겠지?"

"현명하십니다."

"현명은 무슨 얼어 죽을. 비록 독에 당해 이렇게 침실을 보존하고 있지만 머리까지 썩지 않은 이상 그쯤은 누구도 생각할 수 있네."

"문제는 그것이 꾀병이라는 것이지 않습니까?"

"끄응. 어쨌든 가문 내부를 좀먹고 있는 놈들을 색출해 내는 일은 어떻게 되었나?"

"아마 대공자께서 돌아오시면 드러나지 않을까 싶습니다."

"첫째 놈이 변수라는 말이로군."

"그렇습니다."

"그런데 그놈이 견뎌낼 수 있을까? 마지못해 와병을 들어 그놈을 불러들이기는 했지만 과거의 전력을 생각하면 또다시 뛰쳐나갈 것 같은데 말이지."

"10년이 넘게 지났습니다. 군문에서도 백인장을 할 정도의 실력입니다. 그러하니 달라지지 않았겠습니까?"

"백인장은 무슨. 그게 어찌 그놈 혼자의 힘이라던가?"

"어쨌든 한번 믿어보시는 것이 좋을 것 같습니다. 그렇지 않으면 가문의 해충들을 색출해 내는 데 조금 어렵지 않을까 싶습니다."

"믿어야지 어떻게 하겠나. 그런데 블러드 골렘의 부대주와 함께 들어오지 않았다고?"

"그렇습니다."

"흐음. 조금은 능구렁이가 되었나?"

"그래서 약간의 희망을 가지는 것입니다."

"그래, 지금으로서는 그놈을 믿어볼 수밖에 없겠군."

"그럼."

"그래, 수고 좀 해주게."

"……."

그림자는 말이 없었다. 그에 홀로 남은 노인은 허공을 한참 올려보다 이내 눈을 감고 조심스럽게 침대에 몸을 눕혔다. 그리고 독백처럼 허공에 떠도는 말을 남겼다.

"어쨌든 조만간 모든 것이 결정 나겠지."

*　　　*　　　*

"서라! 누구냐?!"

플람베르 가문의 정문을 지키고 있던 수문 경비가 긴 창을 앞으로 겨누며 외쳤다. 그에 길버트의 눈살이 살짝 찌푸려졌다. 예상은 했지만 설마 정문에서부터 이런 견제가 들어올 줄은 몰랐다. 하나 그는 빠르게 태세를 변환시켰다.

"플람베르 가문의 장자인 길버트 플람베르다."

"……."

의외의 말이었는지 수문 경비는 말이 없었다. 그때 길버트는 수문 경비 앞으로 무언가 툭 던졌다. 그에 수문 경비는 여전히 창으로 길버트와 그 일행을 경계하면서 슬쩍 자신의 발 아래 떨어진 물건을 바라봤다.

분명히 길버트가 던진 것은 플람베르 가문의 최고 신분을 가리키는 플레티늄 패였지만 수문 경비의 표정은 여전히 무표정했다.

"기다려라!"

그리고 한 명이 빠져나갔다. 두 명의 수문 경비 중 한 명이 빠져나갔으니 한 명이 남는 것이 정상이었으나 한 명이 빠져나간 자리를 다시 대여섯 명의 수문 경비가 채웠다. 그 모습을 바라본 아론이 나직하게 말했다.

"개판이군."

그에 길버트는 아무렇지도 않다는 듯이 어깨를 으쓱해 보이며 입을 열었다.

"누군가 날 굉장히 어려워하는 모양이로군."

"신고식 아니겠수?"

길버트의 말에 제라르가 한마디 툭 내뱉었다. 그에 아론은 사나운 미소를 떠올렸다.

"신고식이라…… 이럴 때는?"

아론이 한 말의 의미를 깨달았는지 얀센과 제라르가 동시에 서늘한 미소를 떠올리며 아론의 양옆으로 섰다. 그 모습을 길버트는 그저 지켜보고 있을 뿐이었다.

"괜한 분란이 아닐까 싶습니다."

더글러스가 인상을 찡그리며 조용히 길버트에게 말했다. 하지만 길버트는 고개를 저었다.

"시간이 없어. 힘에는 힘으로 가는 것이 좋아. 용병이든 기사든 귀족이든 힘 앞에서는 결국 꼬리를 말게 되어 있고, 이미 복귀하기로 마음먹은 이상 상대에게 약세를 보일 수 없지."

"하나 이런 식으로는……."

"물론 귀족적이지 못하고 기사답지 못하지. 하지만 내가 사납게 나가야지 그들 역시 혼란스러워할 테니까. 그리고 내가 나서는 것보다는 아론이 나서는 것이 훨씬 이득이지. 그들은 나의 전력을 몰라 섣불리 행동하지 못할 테니까 말이야."

"그렇기는 합니다만."

"지켜봐. 너의 전략에는 우리가 따르지 못할지 몰라도 이런 임기응변은 오히려 아론이 뛰어날 테니까 말이다."

"알겠습니다."

결국 더글러스는 입을 닫았다. 확실히 임기응변에서 수십 년 동안 전쟁 용병으로 잔뼈가 굵은 아론을 당해내기에는 난점이 있기는 했다. 또한 그는 처음 아론을 보았을 때 현기를 보았지 않는가?

그때 아론 일행은 무심하고 아주 느릿하게 창을 겨누고 있는 수문 경비들을 향해 걸음을 옮기고 있었다.

저벅!

주춤!

한 걸음을 내디디면 한 걸음을 물러났다. 에퀘스의 영역을 구축하는 일곱 가문 중 수위를 차지하는 플람베르 가문의 수문 경비였다. 비록 수문 경비라 할지라도 그들의 무력은 절대 약하지 않았다.

그런 그들이 기세에 눌려 자신들도 모르게 뒤로 물러난 것이다. 그에 수문 경비들은 이를 꽉 깨물었다.

저벅!

주춤!

다시 아론이 한 걸음 내디뎠고, 이를 악물었음에도 불구하고 수문 경비들은 뒤로 물러나고 있었다.

"비켜서라."

그때 수문 경비의 뒤편으로부터 묵직한 목소리가 들려왔다.

"수문 경비대장 프리드리히 올브리히트라고 한다. 감히 누가 플람베르 가문의 정문에서 난동을 부리는 것이더냐?"

그에 아론의 시선이 그에게로 향했다. 그리고 서늘한 미소를 떠올리며 물었다.

"보지 못했나?"

"무엇을 말이더냐?"

역시 수문 경비대장이라는 것인가? 수문 경비들과는 달랐다.

"방금 들어간 수문 경비에게 플레티늄 패를 들려 보냈다만?"

"그것이 진짜인지 어떻게 알 수 있나?"

"그것도 모르면서 플람베르 가문의 수문 경비대장이라 할 수 있나? 정말 진짜를 구분하는 방법도 모르나?"

"그것은… 알고 있다."

"한데 그 뻣뻣한 자세는 뭔가?"

"네놈은 대공자가 아니지 않는가?"

"그렇지. 난 대공자가 아니지. 그런데 말이다. 플람베르 가문은 가문의 대공자를 보면 이렇게 창을 들이대고 신분을 확인하나? 아무리 세월이 흘렀기로서니 수문 경비들이 대공자의 얼굴을 모른다는 것이 말이 되나?"

아론의 말에 올브리히트 수문 경비대장은 인상을 찌푸릴 수밖에 없었다. 그것은 있을 수 없는 일이었다. 왜냐하면 자신들은 플람베르 가문의 얼굴이었기 때문이다. 그래서 자신과 같은 중급에 이른 기사가 수문 경비대장을 하고 있는 것이 아닌가?

"그것은… 신입이기 때문이다."

"신입? 신입이라……. 플람베르 가문의 수문 경비들은 신입이 보고를 하는 모양이로군. 고참이 남아 경계를 하고 말이야. 그리고 플레티늄 패를 가지고 들어간 신입은 왜 보이지 않나?"

"그건……."

"이것은 명백한 하극상. 플람베르 가문에서 하극상은 어떻게 다루나?"

"그……."

완벽하게 틀어지고 있었다. 원래의 계획은 이것이 아니었다. 10년이 지나 가문을 찾은 대공자에게 극도의 모멸감을 주기로 되어 있었다. 대공자를 향해 검을 들이댈 수 없으니까 말이다.

"하극상은 그 경중에 따라 최대 즉참까지 취할 수 있습니다."

그때 더글러스의 목소리가 들려왔다. 그에 아론은 고개를 끄덕이며 다시 물었다.

"길버트 플람베르는 플람베르 가문의 대공자. 그에 대한 하극상은?"

"즉참입니다."

아론의 시선이 올브리히트 수문 경비대장에게로 향했다. 그의 얼굴이 일그러졌다. 그 와중에도 그의 입가는 기묘하게 일그러지고 있었다.

'차라리 잘됐군. 나중에 어떤 질책을 받는다 할지라도 먼저 제거하는 편이 좋겠지.'

그는 마음을 굳혔다. 그리고 그는 플레티늄 패를 아론 앞으로 집어 던지며 입을 열었다.

"네놈이 건넨 플레티늄 패는 거짓으로 판명되었다. 플람베르 가문의 대공자를 사칭한 죄를 물어 즉결 사형을 명한다. 쳐라!"

그의 명령에도 불구하고 아론을 비롯한 모두의 표정은 별로 달라질 것이 없었다. 마치 이럴 줄 알았다는 듯하다.

올브리히트 수문 경비대장의 명이 떨어지자 수문 경비를 위해 상시 배치된 1백의 병사와 기사가 도검을 앞으로 하며 그들을 향해 쇄도했다.

그에 길버트는 차가운 냉소를 떠올렸다. 그때 아론이 나직하게 으르렁거렸다.

"적당히 해."

"아따, 그게 어디 적당히 되겠수?"

제라르가 한숨을 폭 내쉬며 입을 열었고, 얀센은 어디서 구했는지 모를 거대한 몽둥이를 들고 있었다. 말이 몽둥이지 그냥 작은 나무 하나를 통째로 뽑아 적당히 다듬은 모양이었다. 그의 체구가 워낙 컸기에 그저 몽둥이처럼 보일 뿐이다.

"적당히 패면 되겠지."

그러면서 얀센이 앞으로 치고 나갔고, 제라르 역시 지지 않겠다는 듯이 빠르게 달려오는 기사와 병사들을 향해 쇄도했다. 물론 네 명의 용병도 다르지 않았다. 올브리히트 수문 경비대장은 승리를 확신했다.

누가 있어 플람베르 가문의 수문 경비를 당해낼 수 있단 말인가?

그런 생각을 하며 득의만만한 웃음을 떠올리고 있는 그 순간 아론의 신형이 움직였다.

'헙!'

그에 올브리히트 수문 경비대장의 얼굴이 사색이 되었다. 무언가 자신을 향해 쏘아져 오는 것 같았다. 그런데 보이지 않았다. 아니, 자신이 유심히 지켜보고 있던 놈이 순식간에 사라져 버렸다.

그리고,

"큭!"

아론은 올브리히트 수문 경비대장의 목을 움켜쥐고 들어 올리고 있었다.

올브리히트 수문 경비대장의 몸은 정말 힘없이 들어 올려졌다. 그는 잡힌 목을 풀기 위해 안간힘을 썼다. 하지만 마치 마계의 금속인 아다만타이트로 만들어진 손인 양 꿈쩍도 하지 않는 아론의 손아귀였다.

"컥! 컥!"

숨이 막혀왔다. 급기야 올브리히트 수문 경비대장의 눈동자에서 실핏줄이 터지기 시작하며 코피가 흘러나왔다.

그런 올브리히트 수문 경비대장을 보고 서늘한 웃음을 떠올린 아론은 그대로 수문 경비대장을 바닥으로 집어 던졌다.

쾅!

"꺼억!"

경비대장은 핏물을 한 움큼 토해내며 답답한 신음을 내뱉었다. 그런 경비대장을 무심하게 바라보던 아론은 그에게 걸어가 발을 들어 올렸다. 그러나 아직 정신을 차리지 못한 경비대장은 그의 발을 피할 수 없었다.

턱!

아론은 발로 경비대장의 얼굴을 짓눌렀다. 그러면서 무릎을 굽혀 그에게로 얼굴을 가져다 대며 다시 물었다.

"플레티늄 패가 가짜라고?"

"끄으윽! 그……."

하지만 경비대장은 말을 이을 수 없었다. 어느새 발이 치워지고 큼지막한 손으로 그의 얼굴을 덥석 잡은 아론이 그를 플람베르 가문 외벽으로 끌고 가 벽에 얼굴을 들이박았다.

쾅앙!

"꺼윽!"

"가짜라고?"

"그……."

쾅앙!

"크윽!"

다시 벽에 부딪쳤다. 그리고 이번에는 부딪치기만 한 것이
아니었다. 부딪친 그대로 벽에 문질러 버렸다.

"끄으윽!"

이루 형언할 수 없는 극통이 전해져 왔다. 이미 그의 얼굴
은 형체를 알아볼 수 없을 정도였고, 이빨마저도 몇 개가 부
러져 온통 핏물이 흘러내리고 있었다.

"이노옴!"

그 처절한 모습을 본 기사가 아론을 향해 달려들었다.

하나,

"에헤이~ 형님 노시는데 어딜 방해하려고."

기사의 앞을 가로막고 선 제라르는 가차 없이 대검의 검 면
으로 기사를 후려쳤다.

퍼억!

"끄윽!"

기사는 맥없이 튕겨 나갔다. 그리고 벽에 부딪쳤고, 그대로 기절해 버렸다.

"큰형님, 마저 일 보슈."

그러면서 다른 곳으로 이동하는 제라르. 일백에 이르는 기사들과 병사들. 그들은 그야말로 처참했다. 죽은 자는 단 한 명도 없었다. 하지만 피를 흘리지 않은 자가 없었으며 제대로 서 있는 자 역시 단 한 명도 없었다.

너무나도 순식간에 정리되어 버린 것이다. 그에 더글러스를 비롯한 길버트를 따르는 네 명의 기사는 경악해 입을 벌리지 않을 수 없었다. 이미 자신들이 승부에서 패했을 때 어느 정도 짐작은 하고 있었다.

하지만 이것은 자신들의 예상을 뛰어넘어도 한참을 뛰어넘고 있었다. 일백의 가병과 기사들이 쓰러져 처참하게 나뒹구는 것은 그야말로 순식간에 벌어진 이었으니까 말이다.

'보지도 못했다.'

'힘을… 아끼고 있었던가?'

'굉장… 하군.'

'특히 저 큰형님이라는 자, 도저히 측정조차 할 수 없다. 비록 수문 경비대장이라고는 하나 그 중요성 때문에 중급의 실력자이거늘.'

그런 그가 힘도 제대로 써보지 못하고 형편없이 패하는 모

습을 보고 오금이 저릿저릿해져 오고 있었다. 하지만 길버트
는 오히려 그것을 당연하다는 듯이 보고 있었다. 그때 아론이
길버트를 불렀다.

"길버트."

"아! 불렀나?"

"그 패, 가짠가?"

"가짜? 흐음. 그럼 뭐 가짠지 진짠지 알아보면 되겠지."

길버트는 히죽 웃으며 더러워진 플레티늄 패를 옷에 쓱쓱
문지른 후 손에 약간 생채기를 내고 플레티늄 패에 핏방울을
떨어뜨렸다.

또옥!

플레티늄 패는 어떤 반응도 보이지 않았다.

"…가짜……."

그 와중에 경비대장은 가짜라고 했다. 마치 자신의 말이 맞
지 않느냐는 표정이다. 하지만 길버트는 심드렁한 표정을 지
어 보이며 입을 열었다.

"네가 준 플레티늄 패는 가짜지."

"그… 그그극!"

무언가 말을 하려던 경비대장은 말을 잇지 못했다. 또다시
아론이 그의 얼굴을 벽을 타고 밀어버렸기 때문이다. 적절히
힘을 조절해서인지 뼈는 보이지 않았다. 하지만 그 속에서 전

해지는 고통은 끔찍하기 이를 데 없었다.

그렇게 경비대장의 입을 닫게 한 후 그의 몸을 여기저기 뒤지더니 방금 전과 똑같이 생긴 패를 하나 꺼내 들었다.

"이것이 진짜로군."

"그……."

퍼억! 픽! 픽!

"끄윽! 컥! 큭!"

경비대장이 다시 입을 열려 하자 아론은 주먹으로 그의 옆구리를 가열하게 두드렸다. 마치 북을 두드리듯이 말이다. 그때마다 경비대장은 격렬하게 펄떡이며 진저리를 쳤다. 그러고는 이내 잠잠해졌다.

맞는 게 두려웠다. 조금 더 맞으면 죽을 것 같았다. 아니, 그 끔찍한 고통을 두 번 다시 당하고 싶지 않았다.

"오! 이거로군. 딱 보니까 알겠네. 에? 피가 벌써 멎었네. 쩝. 어쩔 수 없지."

그러면서 다시 손끝을 건드려 피를 낸 후 경비대장의 품속에서 찾아낸 플레티늄 패에 핏방울을 떨어뜨렸다. 피를 머금은 플레티늄 패는 약간 붉은색에서 점차 색이 바래더니 눈부시게 새하얀 빛이 잠깐 폭사되었다.

"맞지?"

길버트가 히죽 웃으며 말했다.

"그런데 왜 이걸 경비대장이 가지고 있을까?"

길버트는 고개를 경비대장의 얼굴에 가까이 대고 싸늘하게 입을 열었다. 순간 경비대장은 전율해야만 했다. 척추 끝에서부터 타고 들어오는 감각은 전신의 피를 싸늘하게 식어가게 하고 있었다.

'이미 알고 있었다.'

그랬다. 이들은 자신이 함정을 팠다는 것을 이미 알고 있던 것이 틀림없었다. 할 말을 잃어버린 경비대장.

그때였다.

"누가 감히 플람베르 가문의 정문에서 소란을 피우는 것이더냐?"

누군가 호통을 치며 모습을 드러냈다. 일견하기에도 그 수준이 절대 경시할 수 없을 정도의 강렬한 기세를 담고 있었다. 떡 벌어진 어깨와 송곳처럼 삐죽삐죽 삐져나온 수염, 그리고 호랑이 같은 눈동자까지

바로 플람베르 가문의 외문총관인 메르츠 히프텐이었다. 그를 보자마자 길버트는 반색을 하며 그를 불렀다.

"아이고, 메르츠 아저씨, 오랜만입니다."

히프텐 외문총관은 여기저기 널브러지고 피를 흘리고 있는 가병들과 기사들을 보고 눈살을 찌푸리다 자신을 친근하게 부르는 이를 바라보곤 고리눈을 크게 뜨며 놀라 외쳤다.

"혹시……."

"맞습니다. 소심하기 그지없는 길버트입니다."

"설마… 돌아오신 겁니까?"

"뭐, 그렇게 되었네요."

"그런데 이 상황은……."

"저를 자꾸 시험에 들게 하려 해서 말입니다."

"시험에 들게 한다?"

그에 히프텐 외문총관은 날카롭게 아직도 아론의 손에 잡혀 정신을 차리지 못하고 있는 경비대장을 바라보며 나직하게 입을 열었다.

"그는 수문 경비대장입니다. 아무런 이유 없이 그와 가병들을 이렇게 만들었다면 아무리 10여 년 만에 귀환하신 대공자라 하셔도 가법에 의해 다스릴 수밖에 없습니다."

히프텐 외문총관의 말에 정신이 없는 와중에도 경비대장은 핏물이 가득한 이를 드러내며 웃었다. 마치 이제 너희들은 끝장났다는 듯이 말이다. 하지만 그의 기대는 얼마 지나지 않아 허망하게 깨지고 말았다.

따악!

히프텐 외문총관의 말이 끝나기가 무섭게 아론은 손가락을 튕겼고, 공간이 일그러지면서 손톱만 한 크리스털이 그의 손에 딸려왔다.

"이것이 무엇인지 알겠소?"

아론이 물었다. 그에 히프텐 외문총관은 주의 깊게 공간을 가르고 모습을 드러낸 녹색의 손톱만 한 크리스털을 살피더니 탄성을 지르듯 입을 열었다.

"영상 크리스털."

"맞소. 증거로 제출하겠소."

손가락으로 튕겼음에도 불구하고 느릿하게 허공을 가로질러 자신의 손에 들어온 영상 크리스털. 그에 외문총관의 눈동자가 잠시 흔들렸다.

무엇이든 빠르게 하는 것은 쉽다. 하지만 누구나 쉽게 생각하는 느리게 하는 것은 지극히 어렵다. 그것은 어느 정도 경지에 이른 이들이 아니면 모를 일이었다. 그리고 히프텐 외문총관은 상급에 오른 자로서 느림의 무학을 조금은 깨달은 상태였다.

하지만 히프텐 외문총관은 그런 놀람을 겉으로 표현하지 않고 자신의 손에 들어온 영상 크리스털을 살폈다.

'크으음!'

하나 이내 침음성을 삼킬 수밖에 없었다. 느리게 다가오는 영상 크리스털에 담겨진 이루 형언할 수 없는 미증유의 거력은 상급에 이른 그조차도 쉽게 받아들일 수 없었기 때문이다. 그에 히프텐 외문총관은 아론이 담은 경력을 해소하기 위해 잠시 동안 멈칫할 수밖에 없었다.

그런 히프텐 외문총관의 모습을 본 길버트가 히죽 웃으며 입을 열었다.

"이야~ 메르츠 아저씨도 실력이 많이 늘었네요. 아론의 무지막지한 경력을 받아내다니 말이지요."

놀랐다는 듯이 말하는 길버트였지만 히프텐 외문총관을 결코 쉽게 웃으며 농담을 받아들일 수 없었다.

이런 미증유의 거력을 담아낸 아론이라는 자나 그것을 알아본 대공자나 모두 괴물처럼 느껴졌기 때문이다.

물론 그 속에는 기꺼움도 포함되어 있었다.

성정이 괄괄하고 강직하기는 하나 은연 중 잔정이 많은 히프텐 외문총관이었다. 대공자가 어릴 적 자신이 업어 키웠고, 그가 자라는 동안 자신을 각별하게 대한 기억 때문이기도 했다.

히프텐 외문총관은 최대한 무표정으로 가장했고, 아론의 경력을 흩뜨리고 영상 크리스털에 자신의 힘을 불어 넣어 영상을 재생시켰다. 그 영상 크리스털에는 처음부터 끝까지 모든 것이 기록되어 있었다.

심지어는 올브리히트 수문 경비대장이 플레티늄 패를 바꿔치기하는 장면까지 모두 저장되어 있었다. 그에 히프텐 외문총관의 머리에는 일말의 의혹이 떠오르고 있었다.

"설마 함정이었던 것입니까?"

"아니오."

외문총관의 물음에 길버트는 장난스러운 표정을 지우고 진중하게 말했다.

"가문으로 들어오기 전 본 공자는 주변을 둘러보았소. 그리고 예전 나의 수하들을 만날 수 있었고, 가문의 상황이 그리 여의치 않다는 것을 알게 되었소. 또한 본 공자는 깨달을 수 있었소. 내가 알던 플람베르 가문은 10여 년 전과 달라진 것이 없다고 말이오. 그래서 준비한 것뿐이오. 10여 년이 지났다고 해서 본 공자를 배척하던 이들이 본 공자를 받아들이지 않을 것을 알기 때문이오."

"그… 렇습니까?"

히프텐 외문총관은 묘한 얼굴을 하며 길버트를 바라봤다. 과거의 순수함이 없어 아쉬웠으나, 이제 한 명의 성인으로서 냉혹한 현실을 깨닫고 가문을 이어받을 수 있는 총명함을 드러낸 것에 대해서는 기꺼웠기 때문이다.

"그리고 이제 그만 그를 놓아주는 것이 어떻겠소."

아론은 아직도 경비대장의 머리를 잡고 있었다. 그리고 외문총관의 말에 그를 쓰레기 버리듯 휙 집어 던졌고, 경비대장은 가랑잎처럼 날려가 구석에 처박혔다.

"크윽!"

벽에 부딪친 경비대장은 그 충격이 만만치 않았는지 격한 신음과 함께 핏덩어리를 게워내고 아론을 죽일 듯이 노려보며 손가락으로 그를 가리켰다. 마치 일어나면 반드시 너를 죽여 버리겠다는 듯이 말이다.

하지만 불행히도 경비대장은 더 이상 그 어떤 행동도 할 수 없었다. 참을 수 없는 충격에 결국 기절해 버렸기 때문이다. 중급에 이른 기사가 기절할 정도면 그 충격이 가히 어느 정도인지 짐작도 할 수 없다.

그 모습에 히프텐 외문총관은 침음성을 삼켰다. 그가 보기에 아론이라는 자는 딱 그만큼만 힘을 썼다. 더도 말고 덜도 말고 딱 그만큼만.

죽이는 것보다 살리는 것이 더 어렵고, 살리는 것보다 기절시키는 것은 더더욱 어렵다.

그리고 상대가 중급의 기사임에야 말해 무엇 하겠는가?

"대체······."

"본 공자의 생명의 은인이자 친우인 아론이오."

"아론······."

성이 없고 이름만 있다. 그렇다는 것은 평민이라는 뜻이었고, 행동거지로 보아 그는 분명 용병일 것이다. 그를 따르는 여섯 명의 일행도 역시 마찬가지일 것이다. 하지만 네 명을 제외하고는 그 누구도 함부로 재단할 수 없었다.

히프텐 외문총관은 내심 침음성을 삼켰다. 대체 지난 10여

년 동안 무슨 일이 있었단 말인가?

어떤 삶을 살았기에 저런 강력한 친구를 둘 수 있단 말인가?

하지만 기껍기도 했다.

'이제야… 이제야 가문이 제대로 돌아갈 수 있겠군.'

막연한 기대지만 히프텐 외문총관의 직감은 그렇게 말해주고 있었다. 어쨌든 그는 나직하게 한숨을 내쉴 수밖에 없었다. 일단은 당면한 상황을 정리해야만 했기 때문이다.

"외문 수비대에 연락을 넣어 이것들을 치우도록 하게. 그리고 수문 경비대장은 따로 가법에 의해 다룰 것이니 외감옥에 수감시키도록 해."

"명!"

외문총관의 명을 받은 이들이 빠르게 움직였다. 그러한 모습을 잠깐 지켜보던 외문총관은 다시 시선을 길버트에 두고 입을 열었다.

"모시겠습니다."

"고맙소."

외문총관은 조심스럽게 길버트를 안내했다. 지금은 사적인 만남이 아닌 공적인 만남이다. 길버트는 대공자로서 내문으로 향했다.

"한편으로는 조금 아쉽습니다."

"그런가요."

외문총관의 말에 길버트는 담담하게 입을 열어 응대했다. 그가 왜 그런 말을 하는지 알기 때문이다. 하지만 과거의 존재, 즉 외문총관이 기억하는 대공자로 남기에는 현실은 너무나 비정했다.

내문 경비들은 외문총관을 모습이 보이자 먼 거리에서도 그를 맞아들였다.

"대공자이시네."

외문총관의 말에 내문경비는 급히 예를 취했고, 한 명이 전달하러 안으로 내달렸다. 그리고 얼마 지나지 않아 한 명의 사내가 내문 입구로 모습을 드러냈다. 내문경비대장이 뒤를 따르는 것을 보니 내문 총관쯤으로 보였다.

"대공자… 님?"

"오랜만이오."

익히 아는 얼굴이다. 그는 내문총관으로 있는 에르빈 비츨레벤. 그 또한 상급의 기사였다. 그리고 어릴 적 많이 보았던 사람이다.

"정말 돌아오셨군요."

"의외인가요?"

"솔직히 그렇습니다."

"뭐 어쨌든 돌아왔으니 가주님을 뵙는 것이 절차겠지요."

"알겠습니다. 안내하겠습니다."

히프텐 외문총관은 대공자를 비츨레벤 내문총관에게 인계하고 잠시 자리에서 내문 안으로 사라지는 대공자의 등 뒤를 바라본 후 아쉬운 듯 발걸음을 돌렸다.

그가 돌아섬과 동시에 내문이 닫혔고 길버트는 감회 어린 얼굴로 주변을 둘러보았다.

"많이 변했습니까?"

"그렇군요."

"대공자께서도 많이 변한 듯싶습니다."

"세월이 흘렀잖소."

담담하게 말을 주고받는 두 사람이다. 하지만 비츨레벤 내문총관이 느끼는 감회는 대공자와는 차이가 있었다.

그는 현재 이공자 쪽에 서 있는 인물이었다. 내문총관을 하는 만큼 플람베르 가문의 대소사를 상당히 소상히 알고 있었다.

'측정할 수 없다.'

그가 느낀 첫 감정은 바로 그것이었다. 중급이었을 때 집을 뛰쳐나간 대공자, 그가 다시 돌아온다 해도 겨우 상급의 경지일 것이라고 생각했다. 하지만 그들의 생각은 완전히 헛나가고 있었다.

'최소한 상급 이상이라는 것. 그리고 자신의 기세를 감출

정도의 실력이라면……'

그의 얼굴이 딱딱하게 굳어갔다. 그런 그의 귓가로 들려오는 대공자의 음성.

"생각보다 많이 달라져서 당혹스럽소?"

"아니, 그 무슨……."

"그런 모양이군요."

그러면서 알 듯 모를 듯 미소를 떠올리며 걸음을 옮기는 대공자의 모습을 멍하니 바라보는 비츨레벤 내문총관. 대공자는 10년이라는 긴 간격을 불식시키기라도 하듯이 너무나도 익숙하게 내부를 걸어 중심부에 다다랐다.

그리고 중심부의 나지막한 문 앞에는 내문과 외문, 그리고 플람베르 가문의 모든 대소사를 총괄하는 총관이 그를 기다리고 있었다.

"리트바넨코 총관도 오랜만이오."

"실로 먼 길을 돌아오셨습니다."

"뭐 그렇게 되었소. 지금 가주님을 뵐 수 있소?"

"기다리고 계십니다."

길버트가 걸음을 떼었다. 그러자 총관 뒤에 있던 기사들이 다른 이들의 걸음을 막았다.

"아무리 손님이라 해도 이곳은 가문의 핵심. 친족이 아니고서는 들어갈 수 없소. 양해해 주시길."

리트바녠코 총관의 말에 아론은 고개를 끄덕였다. 그에 리
트바녠코 총관은 누군가에게 고개를 끄덕였고, 기사 한 명이
나와 입을 열었다.

"안내하겠소."

무감정한 목소리였다.

적대감이라든지 혹은 환영의 의미조차 담겨져 있지 않은
목소리다. 애초에 그들은 그렇게 교육받은 것 같았다.

"따르지."

아론의 말에 살짝 눈썹을 꿈틀거린 기사는 이내 무표정으
로 돌아온 후 걸음을 옮겼다. 그런 그들을 바라보며 리트바녠
코 총관은 감탄하듯이 입을 열었다.

"실로 대단한 수하를 거두셨군요."

"수하가 아니라 동료요."

"동료라고요? 아직도……."

"치기 어림이 아니오. 그들은 지금의 내가 있게 한 생명의
은인이니 말을 아꼈으면 좋겠소."

"그… 알겠습니다."

길버트의 강경한 말에 리트바녠코 총관은 잠시 움찔한 후
순순히 그의 말을 따랐다.

"가시지요."

"그러지요."

그렇게 10여 년 전 가문을 박차고 나간 플람베르 가문의 대공자 길버트 플람베르가 가문으로 돌아왔다. 모든 이의 이목이 그에게로 쏠렸다. 또한 외문경비대장과 외문경비대를 단 몇 분 만에 전멸에 가까운 타격을 입혔다는 것에 대해 흥미와 경계가 섞인 시선으로 그를 지켜보았다.

물론 그 싸움에서 죽은 사람은 단 한 명도 없었다. 하지만 아는 사람들은 오히려 그 점을 더 위험하게 여기는 이가 많았다. 죽이는 것보다 더 어려운 것이 살리고 제압하는 것이라는 것을 모를 이들이 아니었다.

어쨌든 길버트 플람베르와 그와 함께 가문에 입성한 그들은 가문의 권력 싸움이 새로운 국면으로 접어들게 하는 일대의 사건이라 할 수 있었다.

CHAPTER 3
특무대

"가주님을 뵈었다고?"

"그렇습니다."

"외문 수문 경비대장이 직위 해제되었더군."

"외문총관이 보았고, 플레티늄 패를 바꿔치기한 명백한 사실이 드러났습니다."

"단단히 준비했군."

"과거의 대공자는 절대 아닙니다."

"10년이 넘게 지났는데 그때의 형님이면 재미없지. 그건 그렇고, 그가 대동한 수하들이 꽤 대단하다고?"

"총 열두 명인데 그중 일곱은 용병이고 다섯 명은 플람베르 가문의 영역에 적을 두고 있는 이들이었습니다. 그중에는 로버트 브루스가 함께하고 있었습니다."

"그런가? 특히 주의해야 할 자가 있다고 하던데 말이지."

"아론이라는 자입니다. 대공자가 말을 하길 자신의 생명을 구해준 생명의 은인이고 수하가 아닌 동료와 친구라 했습니다."

"수하가 아니라 동료와 친구……. 훗, 같잖은 소리."

플람베르 가문의 삼공자인 데펙티오 플람베르는 냉소적인 표정을 지어 보였다. 친구라든가 동료라든가 하는 것에 대한 격한 반감을 가지고 있는 그런 표정이었다.

"많이 변했는가 싶었더니 아직도 과거의 우유부단한 모습을 가지고 있군."

"그들을 어찌 부르던 그들의 실력은 분명히 무시 못 할 전력입니다."

"접근해 봐."

"회유합니까?"

"할 수 있다면."

"회유되지 않으면 역시 제거합니까?"

"그래야지."

"한데……."

"한데?"

무언가 걸리는 것이 있다는 듯이 곤혹스러운 표정을 짓는 데펙티오 삼공자의 참모.

"붉은 달에서 항의가 들어왔습니다."

"항의라니?"

"잘못된 정보를 제공했다는 이유입니다."

"잘못된 정보라……. 홍! 자신들의 잘못을 우리에게 뒤집어 씌우는 것인가?"

"기실 그들의 항의도 근거가 없는 것은 아닙니다. 라이벡 우드에 투입한 인원이 결코 상대를 얕잡아본 전력은 아니라는 것입니다."

"어쨌거나 의뢰에 실패했다. 일고의 가치도 없어."

"알겠습니다."

결국 데펙티오 삼공자의 의견대로 행해질 것이다.

"그리고 또 지시하실 사항이 있으십니까?"

"없어. 나머지는 알아서 해."

"알겠습니다. 그럼."

가볍게 읍을 하고 물러나는 참모장. 그를 바라보는 데펙티오 삼공자의 눈동자는 싸늘하기 그지없었다. 도무지 무슨 생각을 하는지 알 수 없는 그런 표정이었다. 그는 참모장이 물러난 후 나직하게 독백을 내뱉었다.

"까득. 길버트 플람베르, 돌아온 것을 후회하게 해주겠다."

*   *   *

"호오~ 가문을 박차고 나간 대공자가 돌아왔다구요?"

치렁하고 윤이 나는 푸른색 머리카락과 바다처럼 푸르고 깊은 눈동자, 그리고 그에 반해 백설처럼 하얀 피부를 가진 한 명의 여인.

바로 에쿼스의 성역 서열 3위에 올라 있는 포세이두스 가문의 차녀인 엘리스 포세이두스였다.

그녀의 앞에는 호위대장 루드비히 베크와 그녀가 개인적으로 함께 대동한 나탈리아 에스테미로바가 허리를 꼿꼿하게 세운 채 앉아 있었다.

"그렇습니다."

중후한 목소리가 들려왔다.

"누구죠? 정보가 별로 없군요."

이제 겨우 18세인 엘리스 포세이두스가 기억하기에 플람베르 가문의 대공자라는 직책은 상당히 무거운 바가 있었다. 그가 가문을 뛰쳐나간 것은 그녀가 겨우 여덟 살 때니까 말이다.

"신장 180㎝, 회색 머리카락, 무기 플레일과 방패, 무력 수준은 중급이었으며 현재는 상급으로 추정, 성격은 우유부단합니다."

감정이 전혀 느껴지지 않는 여인의 목소리가 들려왔다. 바로 그녀의 참모로 있는 나탈리아 에스테미로바였다. 그녀는 원래 노예였으나 엘리스 포세이두스의 변덕으로 인해 면천을 했고, 그 은혜를 갚기 위해 평생 그녀의 곁에서 주군으로 모시게 되었다.

지극히 차갑고 염세적이었으며, 그런 성격 탓으로 상황을 판단함에 냉정했으며, 루드비히 베크 호위대장이 전면에 나서는 모든 일을 한다면 그녀는 엘리스 포세이두스의 치부라 할 수 있는 일을 전적으로 담당했다.

한마디로 그녀는 엘리스 포세이두스의 그림자라 할 수 있었다.

"그따위 것은 아무래도 상관없고, 우리 가문에 그가 어떤 영향을 끼칠 수 있는지를 말해."

"현재 플람베르 가문의 가주는 그가 가문을 뛰쳐나갔음에도 12년 동안 그를 가문에서 제명하지 않았습니다. 그리고 이번에 그가 가문에 돌아온 것은 현재 와병 중인 가주와 관련이 있을 것으로 판명됩니다."

"그 말은 결국 현 플람베르 가주의 의중은 대공자에게 있다는 말인가?"

"확률은 반반입니다."

"반반이라? 이유는?"

"이공자와 삼공자의 세력은 견고합니다. 현재 가주는 엄정한 중립을 견지하고 있습니다. 그도 그럴 것이, 현재 플람베르 가문은 제1원로인 디에고 아미르카니가 수렴청정을 하고 있기 때문입니다."

"그는 중립이라고 알고 있는데?"

"그렇습니다. 그래서 반반이라고 말씀드린 것입니다."

"그래도 기본적인 것은 주어지지 않을까? 중립이라면 말이지."

"그래서 그에게 특무대 조장이라는 직책을 내렸다 합니다."

"특… 무대 조장?"

"그렇습니다."

나탈리아 에스테미로바의 말에 엘리스 포세이두스는 미묘하게 비웃는 듯한 미소를 떠올렸다.

"플람베르 가문에 그런 조직이 있었던가?"

"있으나 유명무실해진 지 오래입니다."

"유명무실해졌다? 읊어봐."

"특무대는 한창 가문 간의 전쟁이 치러지던 2백 년 전 만들어진 조직이고, 가문 간의 서열이 정해진 후 명맥만 간신히 이어져 내려오고 있습니다."

"대단했던 모양이네? 할 일도 없으면서 아직도 존재하는 것을 보면 말이지."

"현 가주 역시 특무조장 출신입니다."

"흐음. 하면 그에게 힘을 실어주는 것 아닌가?"

"중요한 것은 현재 특무대에 있는 이들 중 제대로 된 기사가 없다는 것입니다. 대부분이, 아니, 전원 문제아이거나 대외적인 이미지 때문에 제거할 수 없는 이들만 모아둔 곳입니다."

"그것은……."

"현재 플람베르 가문과 칼뤼베이우스 가문이 서로의 영역이 겹치는 플랑드르 지역으로 인해 첨예하게 대립하고 있는 상태입니다. 두 가문 간의 전쟁이 일어나면 그 시발점이 될 것이라 예측되는 지역입니다."

그림자 나탈리아의 말에 엘리스 포세이두스는 고개를 끄덕였다.

"플랑드르는 양모와 철광석의 산지로서 현 가주가 와병 중일 때 칼뤼베이우스 가문이 2백년 전 성역 전쟁 이전 때 자신의 영토였다는 점을 들어 무단으로 점유 중에 있습니다."

"흐음. 갑작스럽게 몇 십 년 동안 공석으로 남아 있던 특무조장에 대공자를 앉힌 이유인가?"

"그렇습니다."

그에 서늘한 미소를 떠올리는 엘리스 포세이두스.

"누군가의 압력이 들어갔군. 제대로 관리되지 않고 문제아들의 집합소인 특무대를 활성화시킨 것을 보면."

"그렇다고 봐야 합니다."

"역시 이런 계책을 낼 만한 사람은……."

"삼공자입니다."

"독심이로군. 형을 사지로 내몰려 하다니."

"그는 그런 사람입니다. 자신의 욕망을 성취하기 위해서는 주변의 모든 것을 이용하는 냉혈의 사내입니다."

"그 점은 마음에 드는군."

"……"

서늘한 엘리스 포세이두스의 미소에 그림자 나탈리아는 입을 닫았다. 그녀의 성정을 익히 아는 탓이다.

"그에게 가봐야겠군요. 더욱더 그가 탐이 나는군."

"준비하겠습니다."

*　　　*　　　*

길버트와 아론 일행은 특무대로 향하고 있었다. 주변으로 고루거각이 즐비했지만 그런 고루거각을 지나 허름하기 그지없는 곳으로 향하는 그들이다. 그럴 때마다 길버트를 따르는 이들의 얼굴이 수시로 변했다.

"쯧!"

길버트는 가볍게 혀를 찼다. 그러면서 아론을 슬쩍 바라보며 입을 열었다.

"다듬을 데가 많군."

"그건 또 내 전문이지."

"흠. 자네에게 너무 많은 일을 맡기는 것 같은데 말이지."

"자네는 자네대로 할 일이 있지."

"아! 그렇군."

순간 그는 자신의 뒤를 따라오는 네 명의 기사를 보며 고개를 끄덕였다. 그는 그 네 명의 기사가 각자 만들어놓은 세력을 하나로 만들고 그들을 특무대에 편입시켜야 했다. 그리고 더글러스와 함께 머리를 쥐어짜 부족한 보급품을 채워야 했다.

아론은 자신을 따르는 이들과 함께 특무대의 연병장으로 걸음을 옮겼다. 그들이 향하는 연병장에는 잡초가 가득했다. 도저히 연병장이라고 볼 수 없을 정도였다. 그리고 여기저기에 제멋대로 풀어져 있는 기사들까지.

"이야~ 이거 재미있겠구만."

연병장에 여기저기 널브러져 있는 인원은 약 120명 정도였다. 딱 한 개 기사단 정도를 만들 수 있는 수다. 그들이 들어

서자 연병장에 널브러져 있던 이들이 심드렁한 얼굴로 바라보았다.

그들이 자신의 상관이 될지 동료가 될지에 대해서는 전혀 신경 쓰지 않은 그런 표정이었다. 그저 지치고 힘들다는 표정 그 자체로 권태로움이 가득했다.

아론은 연병장 한쪽 편에 제멋대로 뒹구는 무기 거치대로 다가갔다. 무기 거치대는 잔뜩 녹이 슬어 있고 무기 역시 잔뜩 녹이 슬거나 제대로 관리하지 않아 이까지 빠지고 균열이 일어나 여기저기 흩어져 있었다.

"한심하군."

아론이 나직하게 입을 열었다. 그의 일행이 연병장에 들어섰음에도 아무 반응을 보이지 않고 그저 나른하고 권태롭게 바라보던 이들 중 한 명이 반응했다.

"당신도 한심하게 될 거야."

"나를… 너희 같은 쓰레기와 같이 평가하지 마라."

꿈틀.

쓰레기라는 말에 몇 명의 기사가 불쾌한 표정을 지어 보였다. 하지만 여전히 제멋대로 드러누운 채 아무런 행동도 하지 않았다. 그런 그들을 보며 아론이 다시 입을 열었다.

"병신들이군. 자신을 모욕하고 있음에도 반응조차 하지 않으니."

그의 말에 분위기가 갑자기 급전직하하기 시작했다. 한낮의 뜨거움을 피해 나무 그늘로 기어들어 제대로 장비조차 하지 않은 풀 플레이트 메일을 열어젖히고 있던 그들 중 몇 명이 자리에서 일어났다.

"이거 이 새끼도 그냥 물건은 아닌 모양이구만!"

우렁우렁한 목소리가 들려왔다. 아론이 시선을 목소리가 들려온 쪽으로 돌리자 그곳에는 몇 명의 기사가 서늘한 눈동자를 한 채 아론을 향해 걸어오고 있었다. 제대로 다듬지 않은 수염과 머리카락 사이로 번뜩이는 눈빛이 있었다.

그중 가장 앞에 있는 자가 특이했다. 그냥 보기에도 변종 드워프처럼 보였다. 단단한 근육과 부리부리한 눈동자에 양손에는 짧고 묵직한 워 해머 두 자루를 들고 있었다. 다른 이들과 다르게 그의 무기는 잘 다듬어져 있었다.

작은 키임에도 불구하고 그가 이곳을 지배하는 것처럼 느껴졌다. 그의 뒤에 서 있는 그보다 몸통 하나, 혹은 머리 하나가 더 큰 기사들 역시 방어구는 허름했지만 들고 있는 무기는 잘 벼려져 있었다.

'그래도 쓸 만한 놈은 있군.'

아론은 그렇게 생각했다. 그때 예의 그 걸걸한 목소리가 들려왔다.

"어떻게 왔지? 상관 폭행? 명령 불복종? 아니면 어디서 아랫도리를 잘못 돌렸나? 그러기에는 나이가 좀 있는 것 같기도 하고."

"너는 그래서 이곳에 들어왔나?"

"뭐?"

아론의 질문에 멍해져 그를 바라봤다. 하지만 아론의 독설은 그에 그치지 않았다.

"특무대라고 해서 잔뜩 기대하고 왔는데 이건 뭐 다들 패배자뿐이로군."

"지금… 패배자라고 했나?"

"그럼 아닌가? 어디를 둘러봐도 패배자뿐인데. 그리고 이건 뭔가?"

그러면서 자신의 발치에 놓여 있는 낡고 녹슨 검을 툭 차는 아론. 그에 그의 발에 차인 낡고 녹슨 검이 허공을 부유하며 날아가 그의 말에 반응하고 있는 자의 발치 앞에 깊숙이 박혔다.

"네놈… 뭐지?"

"특무대 부조장."

"부조장?"

"조장은 저쪽에서 구경하고 있는 저 양반이고."

아론의 턱짓에 슬쩍 고개를 돌려 길버트가 있는 쪽을 바라보는 기사. 하지만 길버트에게 머무는 시간은 극히 짧았다.

시선을 돌려 다시 아론을 향하던 기사는 덥수룩한 수염으로 덮인 입술을 움직여 이를 드러내며 웃었다.

"부조장이란 말이지?"

"그래."

"사고 안 치고 정식으로 부임한 부조장?"

"난 법 없이는 못 사는 사람이다."

"쿡! 그래? 그러면 너도 특무대의 법을 지켜야겠군."

"이런 거지 소굴에도 법이 있나?"

"있지, 있어."

"그래? 한번 들어보지."

"우릴 이겨."

"겨우 그건가? 거지새끼 120명을 이기는 게 단가?"

"단, 우리가 승복할 때까지."

"웃기지도 않는군. 되먹지도 않은 놈들이 어디서 텃세를 부리려고."

"뭐? 이 새끼가 정말……!"

발끈하는 기사를 보고 아론은 나직하게 한숨을 내쉬며 고개를 절레절레 저었다. 도저히 구제불능이라는 듯이 말이다.

"얀센, 제라르."

"예, 형님."

"좀 다져놔라."

"아이고, 기다리고 있었수."

제라르가 대검 두 자루를 등 뒤에서 꺼냈다.

얀센은 보기에도 오금이 저리는 할버드를 들어 올렸고, 브라이언, 마이크, 유리, 니콜라이 모두 각자의 무기를 꺼내 들었다. 그들이 무기를 꺼내는 순간 장내가 싸늘하게 얼어붙었다.

그저 서 있을 때는 몰랐는데 그들이 검을 꺼내 들고 임전태세를 갖추자 전혀 다른 사람이 되었다. 하지만 이미 기호지세. 약세를 보일 수는 없었다. 여기서 밀리면 평생 저 마음에 들지 않는 놈의 밑에서 굽실거려야 한다.

"파티다."

작달막한 기사가 외쳤다. 그는 전투라는 말을 사용하지 않았다. 그는 아론의 실력과 그를 따르는 이들의 실력을 알아보고 있었다. 아니, 본능적으로 느끼고 있었다. 있는 힘껏 싸운다. 오로지 싸울 뿐이었다.

그의 말이 떨어지기 무섭게 여기저기 제멋대로 널브러져 있던 기사들이 일어나기 시작했다. 그들이 걸친 풀 플레이트 메일은 남루했지만 그들이 가진 무기는 날이 서 있었다. 그 모습에 아론은 피식 웃었다.

"새끼들 꿍쳐두기는."

그러면서 태세를 전환한 얀센이나 제라르 등을 바라봤다.

그들의 표정은 평온하기 그지없었다. 그런 것쯤은 이미 예상이나 했다는 듯이 말이다. 사실 아론 역시 알고 있었다. 하지만 이들은 그 성격 때문에 버려진 자들이었다.

모난 돌이 정을 맞는다고, 타인과 융합하지 못하는 자들은 도태되게 마련이었다. 하지만 이들은 자질이 있음에도 버려졌다.

그 이유는 바로.

'기사의 가문이 아닌 평민이고, 기사의 가문을 압도할 정도로 너무 뛰어나다는 것이겠지.'

그래서 버려진 것이다. 기사들의 시기와 질투 때문에 말이다. 다른 말로 이들은 기존의 세력에 도전하는 세력이었다. 그래서 기존 세력들은 이들이 자신의 기득권을 침해하지 못하도록 만들어 버린 것이다.

가진 바 힘으로 말이다.

'원래대로 돌려주지.'

아론은 팔짱을 낀 채 여유롭게 생각에 잠겼다. 그때 얀센과 제라르가 서로 반대 방향으로 달려 나갔다. 그리고 네 명의 용병 역시 다른 방향으로 흩어졌다. 아론의 시선은 작달막한 기사를 향해 있었다.

"이름이 뭐지?"

"레이 프리스트. 당신은?"

"아론."

"평민인가?"

"용병이지."

"허어~ 플람베르 가문이 이상하게 변해가는군. 용병에게 특무대의 부조장을 맡기다니."

"다 저기 있는 조장이 힘쓴 거지."

"그러고 보니… 조장과 무슨 관계지?"

"친구."

"……!"

아론의 말에 살짝 놀란 표정을 지어 보이는 그였다.

특무대가 기득권층에 대항에 버려진 조직이기는 하지만 그래도 여전히 존재하는 플람베르 가문의 조직이었다. 그런 조직의 조장이 되기 위해서는 친족이 아니면 안 되었다.

물론 그 친족 역시 버려진 존재겠지만 말이다. 그런데 그런 고귀하신 친족과 용병이 친구라니 믿을 수 없는 일이었다.

"미치겠군. 용병이 부조장에 최소한 가문의 친족으로 보이는 조장과 용병이 친구라고? 그걸 믿으라고?"

"믿기 싫으면 말고. 강요하진 않는다."

그들이 차분하게 대화를 하는 와중에 그들의 귓가에 끊임없이 비명이 들려오고 있었다. 그에 레이 프리스트는 슬쩍 연병장을 살폈다. 그런 그의 눈동자가 급격하게 침잠해 들어갔다.

한 명 한 명이 모두 막강하기 그지없었다. 죽이는 것은 쉬워도 살리고 제압하는 것은 지극히 어려웠다. 그런데 지금 자신의 눈앞에 있는 자를 제외한 나머지 여섯 명의 인원이 그 어려운 일을 해내고 있었다.

그것도 아주 가볍게 말이다.

'으으음!'

그에 레이 프리스트는 속으로 침음성을 삼킬 수밖에 없었다.

"우와아악!"

그때 한 명의 기사가 허공을 가볍게 날아 자신의 발치 앞에 떨어지며 네굴데굴 굴러 제멋대로 널브러졌다. 슬쩍 기사가 날아온 방향을 보니 하프 오거라 해도 믿을 만큼 거대한 체구의 용병이 있었다.

레이 프리스트와 눈이 부딪친 그 용병이 히죽 웃으며 입을 열었다.

"어이고, 이거야 원, 제대로 된 놈이 없군. 이래서야 어디 몸이나 풀리려나."

"아따, 형님도 참. 뭐가 걱정이우. 오랜만에 스트레스 좀 푼다 싶으면 되는 거 아니유?"

"그렇지?"

대화를 하는 둘의 간격은 적어도 몇 십 미터였다. 그런데 마치 바로 옆에서 대화를 하는 것처럼 하고 있었다.

"난 벌써 스물이오."

"헤헹. 난 스물하나지라."

"지금 바쁘거든요."

"도대체 뭘 했기에 기사라는 자들이 이 정도의 실력밖에 안 됩니까?"

연신 기사들을 때려눕히고, 기절시키고, 집어 던지면서 그들은 숨도 차지 않은지 대화를 나누고 있었다. 이 정도는 식후 운동거리도 되지 않는다는 듯이 말이다.

"솔직히… 대단하군."

레이 프리스트가 입을 열었다. 정말 대단했다. 인정하지 않을 수 없었다. 120명이라는 수는 이들에게 비하면 그저 열두 명에 지나지 않을 정도로 대단했다. 그 와중에 레이 프리스트는 두 손에 힘을 주었다.

짧고 중심이 잘 잡혀 보이는 워 해머를 잡은 그의 드러난 양팔의 근육이 꿈틀거리며 핏줄이 도드라졌다.

보기 좋게 그을려 있는 그의 피부와 대충 가린 상체는 기사라기보다는 오히려 용병에 가까운 모습이었다.

그리고 그의 전신에서 사나운 기세가 피어올랐다. 그의 기세가 돌변하자 그의 뒤에 있던 기사들이 움직이기 시작했다. 각자의 무기를 들고 오랫동안 호흡을 맞춰 왔다는 듯이 능숙하게 아론을 포위했다.

아론은 그들이 자신을 포위하고 있음에도 불구하고 무표정하게 바라만 보고 있었다.

"자신감인가?"

"자신감을 운운할 정도로 나약하지 않다."

"그래? 그럼 어디 한 번 당해보라고."

따아앙!

그러면서 두 자루의 짧은 워 해머를 부딪쳤고, 믿기지 않을 정도의 청명한 소리가 울려 퍼졌다. 그리고 아론을 포위한 기사들의 파상공세가 시작되었다.

길고 짧은 단병과 장병이 어우러졌고, 공격이 막히면 그대로 물러나 다시 2진을 구성한 기사들이 달려들었다.

아론이 슬쩍 공세를 취하자 3진에 머물러 있던 자들이 앞으로 나와 그의 공격을 분산시켰고, 그와 함께 장병을 든 기사들의 공격이 쇄도했으며, 그들의 공격을 막아내기 무섭게 단병을 든 기사들이 움직였다.

참으로 감탄이 절로 나올 정도의 신속하고 아귀가 딱 들어맞는 공격이었다. 그리고 이 진형은 마치 자신들보다 강한 자들을 상대하기 위해 만들어진 진형 같았다.

아론은 자신에게 집중되는 공격과 방어에도 불구하고 여유롭게 그들을 상대했으며, 진형에 가담하지 않고 이곳을 노려

보고 있는 레이 프리스트를 바라봤다.

그의 얼굴은 딱딱하게 굳어 있었다. 그럴 수밖에 없는 것이 은인자중하면서 그는 자신의 실력을 갈고닦았다. 언젠가는 한 번의 기회가 반드시 올 것이라 생각하면서 말이다. 그리고 자신을 따르는 이들을 중심으로 여러 가지의 진형을 만들고 실험했으며 훈련했다.

그리고 그중 한 가지가 바로 지금과 같은 연환진이었다. 비록 네 방향, 세 겹으로 이뤄진 연환진이었지만 파도와 같이 다가치고 물러나며 상대의 힘을 소모해 마지막 일격을 날리는 진형이다.

그러함에도 상대는 가소롭다는 듯이 아무렇지도 않게 연환진 안에서 자유롭게 움직이고 있었다. 열두 명에게서 일점으로 쏘아져 보낸 살기를 받아내고도 행동이 전혀 부자연스럽지 않았다.

'상상할 수 없는 강자다.'

그랬다.

그런데 묘한 것이 그의 가슴 한쪽 구석에서 스멀스멀 투기와 호승심이 일었다.

강자 앞에서 물러나기보다는 오히려 앞으로 나아가려 하는 그의 심성이 발동한 것이다. 전신의 피가 빠르게 치달아 머리를 뜨끈하게 했다.

그 순간이었다.

콰아앙!

"크으윽!"

"컥!"

"캑!"

굉음과 함께 몇 명의 기사가 튕겨 나갔다. 그리고 아론의 신형이 그들의 시야에서 사라졌다.

퍼억!

"끅!"

한 명의 기사가 복부를 부여잡았다. 그러고는 이내 땅을 짚은 채 얼굴이 허옇게 질리도록 헛구역질을 했다. 하지만 그것은 시작에 불과했다.

옆구리를 부여잡으며 핏줄기를 뿜어내며 날려가는 자, 허리를 활처럼 휘며 튕겨 나가는 자, 오금을 강타당해 그대로 무릎이 꺾인 채 뒤이은 공격에 비명조차 지르지 못하고 기절한 자 등 순식간에 열두 명의 기사가 나가떨어졌다.

"쯧. 재미없군."

아론은 혀를 찼다.

그에 그를 바라보는 레이 프리스트가 기이한 웃음을 지었다.

"으흐흐흐, 간닷!"

그의 신형은 마치 쏘아진 화살처럼 눈부시게 빠른 속도로 아론을 향해 치달았다. 그 육중한 몸이 어떻게 그리 가볍고 신속하게 움직이는지 이해할 수 없을 정도의 속도였다. 하지만 아론은 이미 일반적인 범주를 벗어난 자였다.

그는 무기를 꺼낼 필요조차 없다는 듯이 가볍게 몸을 틀어 그의 공격을 피해냈고, 발등으로 그의 등을 후려 찼다.

그에 레이 프리스트는 자신의 공격이 실패했음을 알고 공중제비를 넘으며 아론의 각력을 피해냈다.

하지만 그것은 잘못된 선택이었다. 여유롭게 움직이던 아론의 신형이 순식간에 사라지고 착지하려는 레이 프리스트의 복부를 할퀴고 지나갔다.

"크윽!"

비틀!

제대로 착지를 못 한 레이 프리스트는 화끈하게 전해지는 통증을 참지 못하고 나직한 신음을 흘렸다. 하지만 아론의 공격은 아직 끝난 것이 아니었다.

퍼억!

다시 복부에 가해지는 지독한 통증. 그리고 갑자기 눈앞에 별이 번쩍였다.

'꺼억! 이게… 아닌데……'

그 생각을 떠올릴 때 레이 프리스트의 신형은 마치 통나무처럼 그대로 뒤로 넘어가고 있었다. 그가 쓰러지는 것을 본 아론은 주변을 둘러봤다. 이미 싸움은 어느 정도 끝나가고 있었다. 거의 일방적이라고 해도 과언이 아니었다.

얀센과 제라르를 비롯한 이들은 마치 가볍게 몸을 풀기라도 하듯 120명에 이르는 기사들을 때려눕히고 있었다. 여기저기에서 가는 신음성이 흘러나오고 있었다.

"어따~ 몸 좀 풀었네."

제라르가 손을 탁탁 치며 말했다.

"들어가자."

"어이~ 다 이대로 두고?"

"비 올 것 같지도 않은데 상관없겠지."

길버트의 물음에 아론이 심드렁하니 답했다.

"그래도 날씨가 꽤 더운데……."

"죽고 싶지 않으면 알아서 기어들어 오겠지."

"그런가? 그럼 이번에는 내 차례인가?"

그의 말이 떨어지기 무섭게 특무대의 연병장으로 300여 명에 이르는 이가 들어오기 시작했다. 네 기사들이 각각 거느리고 있는 자들이었다.

그들의 복장은 제멋대로였고, 서로를 배척하는 듯이 경계하면서 들어서고 있었다. 그런 그들은 이윽고 자신이 익히 하는 얼굴이 있는 곳으로 모이기 시작했다.

그들이 대충 자리를 잡자 길버트가 입을 열었다.

"본 조장은 이번에 새로 특무대 조장의 직책을 맡게 된 길버트 플람베르라고 한다."

그에 3백의 무리가 웅성거리기 시작했다. 오라고 해서 오기는 했는데 설마 이곳이 특무대일 줄은 몰랐기 때문이다.

"조용! 각설하고, 특무대의 대원이 되기를 원하는 자는 남고 싫은 자는 되돌아 나가도록."

그의 말에 웅성거림이 잦아들었다. 그러다 더글러스의 근처에 있던 이가 물었다.

"특무대에 들면 무엇이 좋은 것이오?"

"좋은 것? 그런 것 없다. 목숨을 다해 싸우면 그뿐이다. 그리고 조건을 보고 특무대에 들어올 사람은 나도 받아들일 생각이 없다."

"그런……."

길버트의 말에 몇몇의 인사가 똥 씹은 얼굴을 했다. 그야말로 배짱이었기 때문이다. 그들도 길버트가 어떤 사람인지 알고 있었다. 10여 년 만에 돌아온 플람베르 가문의 탕아이자 후계 구도에서 1순위에 올라 있는 대공자였으니까 말이다.

"들어가게 되면 어떻게 되는 것이오?"

"특무대의 대원이 된다. 그리고……."

그러면서 히죽 웃어 보이는 길버트.

"장래 플람베르 가문의 가장 중추적인 세력이 되겠지."

그의 말에 말도 안 된다는 듯이, 혹은 이거 미친놈 아니냐는 얼굴이 되어버린 군중들. 기실 더글러스나 네 명의 기사도 당황하고 있었다. 이들을 잘 구슬려 세력으로 받아들여야만 했다. 그런데 이건 대체 뭔가?

전혀 받아들일 생각이 없다는 것과 다르지 않았다. 거기에다 저 비현실적인 미래에 대한 비전은 또 무엇이란 말인가?

10여 년 동안 자리를 비웠는데도 불구하고 플람베르 가문을 이어받겠다고 다짐하는 것과 다르지 않으니 말이다.

하지만 더글러스와 네 명의 기사는 입을 닫고 그의 말을 듣고 있다. 자신들이 아는 주군은 결코 허언을 하지 않는 사람이었으니까.

다른 사람들은 그를 우유부단하다고 할지 몰라도 적어도 자신들이 생각하는 주군은 강력한 추진력과 모두를 포용할 수 있는 넓은 그릇을 가지고 있는 것이 분명했기 때문이다.

"췌! 무슨 같잖은 말을. 나는 빠지겠다."

한 명의 장한이 대열을 이탈했다. 그것을 시작으로 또 몇 명의 장한이 빠져나갔다. 길버트는 그저 팔짱을 끼고 대열에서 이탈하는 그들을 바라보고 있을 뿐이었다. 막지도 않았다. 오히려 그런 그의 행동에 호기심을 느낀 이들이 남아 있을 정도이다.

그렇게 대충 갈 사람은 가고 남을 사람은 남은 상태에서 길버트가 팔짱을 풀고 외쳤다.

"남기로 한 것인가?"

"그렇소."

"그럼 이 순간 그대들은 특무대의 대원이다. 무리를 이루는 것은 허용치 않는다. 신분 역시 필요 없다. 필요한 것은 단 하나, 동료다."

"그전에!"

"뭔가?"

누군가 앞으로 나서며 입을 열자 길버트가 그를 바라보며 물었다.

"실력을 봐야겠소."

그에 길버트는 흰 이를 드러내며 웃었다.

"왜 그 말이 안 나오나 했다. 실력을 보고자 하는 자, 앞으로 나서라."

길버트의 외침에 스물댓 명의 장한이 앞으로 나섰다.

"나머지는?"

"보고 결정할 것이오."

"결정은 이미 끝났다. 여기 남은 그 순간 너희들은 이미 특무대원이다. 하기에 너희들이 특무대를 벗어날 길은 죽음뿐이다."

"알겠……."

"특무대원이 된 이상 철저한 상명하복이다. 모든 언어는 '다'나 '까'로 끝맺음을 한다."

"그……."

반문하려는 순간 아론이 스윽 앞으로 나섰다. 그러면서 반문하려는 장한에게 일점으로 살기를 쏘아 보냈다.

"다, 당신은……."

그런 아론의 살기를 받아내며 간신히 입을 여는 장한.

"부조장. 그리고 분명히 말했을 텐데? '다'나 '까.'"

"알… 겠습니다."

"그래, 그렇게."

순간 남아 있는 사람들은 속으로 두 가지를 떠올렸다.

'X 됐군.'

'호기심을 참고 그냥 나갈걸.'

뒤늦은 후회였다. 하나 후회는 아무리 빨라도 늦는 법이다.

짜악!

"자자, 나를 시험하겠다고 했으니 마음껏 시험해. 단, 각오는 해야 할 거야."

길버트는 주변을 환기시켰다.

"젠장!"

"이판사판이다."

그를 시험하겠다고 나선 이들은 자신들이 막다른 골목에 다다라 있음을 알았다. 이것은 빼도 박도 못 하는 상황.

'조진다.'

그들의 한결같은 생각이었다.

"우와아악!"

우렁찬 함성인지 비명인지 모를 소리를 내지르며 길버트를 향해 쇄도하는 사람들.

그러나.

퍼억! 뻑! 빠악!

그들이 아무리 대단한 훈련을 하고 뛰어나다고 하나 10년이 넘게 군문에 있었고, 아론과 동행하면서 마스터의 벽을 허문 길버트를 당해낸다는 것은 어불성설이었다. 아론이 그랬던 것처럼 그들 역시 한 번에 한 명씩 나가떨어졌다.

"크윽!"

"껵!"

"끅!"

한결같은 억눌린 신음이다. 그들이 모두 나가떨어진 것은 그야말로 순식간이었다. 그런 길버트의 무력을 본 이들은 입을 딱 벌릴 수밖에 없었다. 나름 상당한 무력을 소유했다고 자부하는 자신들이다.

네 명의 기사가 지시하는 훈련은 결코 쉬운 것이 아니었으

니까 말이다. 그래서 조금은 자만하고 있었다. 플람베르 가문
이 별거냐는 식으로 말이다. 하지만 자신들의 눈앞에서 벌어
지는 현실은 전혀 아니었다.

플람베르 가문은 정말 별거였다.

"치워!"

길버트가 나직하게 숨을 내쉬며 말했다. 그에 떠나지 않고
남은 자들은 빠릿빠릿하게 움직이기 시작했다.

"이제 너희들을 특무 2대라고 명명한다. 특무 1대의 대장은
아론, 특무 2대의 대장은 나, 그리고 조장 역시 나. 내가 왜 2대
의 대장이냐 하면 너희들이 아무래도 특무 1대보다 더 떨어진
실력을 가지고 있기 때문이다."

그에 남은 인원은 슬쩍 연병장에서 아직도 정신을 못 차리
고 있는 이들을 바라봤다. 그들은 자신들보다 더 험악하게 다
듬어져 있었다. 야채를 다듬어놓은 듯 가끔 이곳저곳에 혈흔
까지 보이고 있었다.

분명 자신들보다 먼저 당한 것 같은데 그들은 아직도 정신
을 차리지 못하고 있었다. 그에 몇몇의 장한은 아론을 질린
눈빛으로 바라보았다. 그 짓을 벌인 이가 순식간에 아론으로
지목되는 순간이다.

하지만 아론은 그런 그들의 눈빛에는 별 관심 없었다. 그는
어느새 아직도 정신을 못 차리고 있는 특무 1대의 대원들이

있는 곳으로 다가가 쓰러져 있는 자를 발로 툭툭 건드리며 입을 열었다.

"일어나."

하지만 누워 있는 자는 꿈쩍도 하지 않았다.

"쓰읍! 맞는다?"

"이, 일어났습니다."

그에 벌떡 일어나는 레이 프리스트.

"다른 놈도 일으켜 세워. 5분 준다."

"명!"

단 한 번의 드잡이로 완벽하게 승복하는 레이 프리스트였다. 그리고 그들이 일어나고 오와 열을 맞추는 데는 5분도 필요 없었다. 단 3분 만에 완료되었다.

"10인 1개 조. 레이 프리스트 특무 제1대 부대주. 부대주 휘하 각 열 명이 1개 조. 각조 조장은 너, 너, 너, 너……."

"위치로!"

아론이 담담하게 말을 하고 제라르가 외쳤다.

"위치로!"

그에 복명복창을 하면서 각조 조장이 앞에 서고 12열 종대가 맞춰졌다. 그 중앙에는 레이 프리스트가 서 있었다.

"충! 열외 무! 총 121명! 준비 끝!"

"대기."

"대기!"

모든 것을 마친 아론이 길버트를 향해 고개를 돌렸다. 그에 길버트는 아론의 시선을 받아 자신의 앞에 있는 장한들을 바라보며 입을 열었다.

"봤지? 너희들은 아직 신병이니까 6분 주마. 열 명 1개 조!"

그의 말에 장한들은 우왕좌왕했다. 한 번도 이런 제식을 해본 적이 없으니 어쩌면 당연한 일인지도 모른다. 그런 그들을 무표정하게 바라보는 아론이 신형을 돌리며 얀센에게 시선을 두었다. 그에 얀센의 얼굴에 사나운 표정이 깃들었다.

"6분 초과! 조교 투입!"

"투입!"

그의 말과 함께 용병들이 아직도 제대로 줄을 맞추지 못하고 있는 장한들 사이로 뛰어들었다. 마치 양 떼 속에 뛰어든 사자 같다.

"야, 이 새끼들아!"

"줄 안 서? 줄 몰라?"

"여기가 니 집 안방이냐? 앙?"

"뒈질래? 뒈지고 싶지?"

그들은 언제 집어 들었는지 모를 몽둥이로 줄을 서지 못한 이들을 향해 구타를 시작했으며, 발과 손을 사정없이 휘둘렀다. 그래도 한가락 한다 하는 장한들이었지만 용병들의 서슬

퍼런 모습에는 고양이 앞의 쥐와 같았다.

길버트를 비롯한 네 명의 기사와 더글러스는 그 모습을 보고 입을 딱 벌릴 수밖에 없었다. 상상조차 하지 못한 일이었다. 귀를 막고 싶을 정도의 육두문자와 비명이 여기저기에서 터져 나왔다.

하지만 그럼에도 불구하고 어느새 줄은 맞춰지고 있었다. 마지막 한 명이 줄을 맞춰 서자 얀센이 보고했다.

"임무 완수했습니다."

"눈깔 돌리는 새끼 누구야?"

"눈깔 돌리는 소리가 자갈밭 구르는 소리 같다?"

그에 화들짝 놀란 특무 1대의 기사들은 마른침을 삼킬 뿐이었다. 그런 그들을 보며 아론이 외쳤다.

"오늘 훈련은 이것으로 마친다! 그리고 기사는 각이다! 지금 이 시간부터 직각 보행과 함께 팔과 다리를 직각으로 움직인다! 복명복창은 1초 이상 늦으면 안 된다! 특무 1대, 양팔 간격으로 벌려!"

"뭉그적거리면 죽는 수가 있다! 빨리 빨리 움직여! 못하겠으면 직접 해주게 만들어주마!"

얀센을 비롯해 여섯 명의 용병이 길길이 날뛰었다. 비록 여섯 명이지만 그들은 120명을 완벽하게 통제하고 있었다. 마치 사전에 말을 맞춘 것 같은 모습이다. 그런 모습을 호기심

어린 눈빛으로 바라보고 있는 길버트와 더글러스, 그리고 네 명의 기사이다.

물론 부동자세로 서 있는 150에 달하는 장정들도 포함되어 있었다. 그들은 생전 처음 보는 훈련에 눈을 동그랗게 뜨고 그들을 바라봤다.

"지금 이 순간부터 너희들은 계급장 뗀다. 선후배도 없고 늙고 젊은 것도 없으며 선임과 후임도 없다. 있는 것은 올빼미라고 불리는 동료만 존재할 뿐이다. 알겠나?"

"알겠습니다."

"소리가 작다. 피죽 한 그릇도 못 먹었나? 다시 묻는다. 알겠나?"

"알겠습니다아!"

그들은 목청이 터져라 외쳤다. 하나 아론의 귀에는 그것이 개미 기어가는 소리보다 작게 들린 모양이다.

"목소리가 작다. 정신 무장이 덜된 모양이군. 그렇다면 확실하게 정신무장을 해주지."

"전체 푸시 업 준비!"

"준비!"

"처음이라 가볍게 간다. 일백 개. 몇 개?"

"일백 개."

"확실히 인지했군. 지금부터 하나에 팔을 굽히며 '정신', 둘

에 팔을 펴며 '무장'. 마지막 일백 번째 구호는 생략한다. 알겠
나?"

"알겠습니다."

"하나!"

"정신!"

"두울!"

"무장!"

그렇게 열 개가 되었고, 오십 개가 되었고, 드디어 일백 개
가 되었다.

"무자아앙!"

우렁차게, 아니, 연병장이 쩌렁쩌렁 울리도록 마지막 구호를
외쳤다.

"실망이다. 고작 일백 개조차 헤아리지 못하다니. 하지만 아
직 시간은 많다. 다시 이백 개. 몇 개?"

"이백 개!"

"하나!"

"정시인!"

"둘!"

"무자앙!"

다시 시작됐다. 하지만 또다시 마지막 구호가 외쳐졌고, 어
느새 해는 뉘엿뉘엿 긴 꼬리를 남기며 넘어가고 있었다.

길버트를 비롯한 더글러스와 네 명의 기사는 아주 흥미롭게 시간 가는 줄 모르고 그 모습을 지켜보고 있었다.

'호오~ 저런 방법이.'

'대체 몇 개를 한 거지?'

'모든 것이 연대책임이다. 이것이 바로 동료이지 않은가? 잘해도 끌고 가고 못해도 끌고 간다.'

'대, 대단하다.'

하지만 그것을 부동자세로 지켜보고 있는 150명에 이르는 장한은 또 다른 심정이었다.

'지, 지독하다.'

'잘못 걸렸다.'

아마도 공통적인 생각일 것이다. 그들이 알고 있는 푸시 업만 반나절을 하고 있었다. 처음엔 가볍게 하던 기사들조차도 이제는 입술이 쩍쩍 마르고 입술에 허연 백태가 끼기 시작했다. 팔을 들어 올리지도 못했다.

목은 쉬어서 소리도 제대로 나오지 않았다. 하지만 그들은 꾸역꾸역 소리를 지르며 푸시 업을 했다. 처음엔 마지막 구호를 한 놈을 두고 욕으로 싸대기를 날렸다. 하지만 이제는 아니었다. 팔이 말을 듣지 않고 타는 듯한 갈증이 느껴졌지만 독기 생겨나기 시작했다.

'씨, 씨발! 어디 해보자.'

'누, 누가 이기나 보자.'

그리고 달이 떠오를 때쯤 무려 삼천 개까지 늘어난 푸시 업의 마지막 구호를 생략할 수 있었다.

"쯧. 이제 겨우 너희들은 동료가 될 준비가 되었다. 전체 기상!"

"기상!"

언제 축 늘어졌냐는 듯이 벌떡벌떡 일어나는 기사들의 눈은 일렁이는 횃불에 반사되어 시퍼렇게 빛나고 있었다.

"직각 보행. 식사 또한 직각이다. 식사는 한 시간. 그 후 다시 이곳에 집결한다. 이상!"

"이상!"

기사들은 어느새 익숙하다는 듯이 직각 보행을 시행하고 있었다. 그들의 머릿속에는 이 두 가지만 자리 잡고 있었다.

'마지막 구호는 생략한다.'

'기사는 각에 살고 각에 죽는다.'

그들이 막사로 들어가는 것을 지켜본 아론이 신형을 돌리자 길버트와 다른 이들이 멀뚱하게 자신을 바라보고 있다.

"훈련 안 하나?"

"오늘은 보는 것만으로 많은 훈련이 된 것 같군."

"그런가? 그렇다면 다행이고."

"그래서 말인데, 당분간 특무 2대의 기초 훈련도 같이 시켜

줬으면 좋겠군."

"흠. 나쁘지 않군. 그렇게 하지."

"고맙네."

둘의 대화를 들은 특무 2대의 대원들 얼굴이 썩어들어 갔
다.

CHAPTER 4

지옥에 온 것을 환영한다

"기사앙! 기사앙!"

"……."

다음 날 새벽.

시끄러운 소리가 곤하게 잠들어 있는 특무대원들을 일깨웠다.

"아씨, 대체 누가 새벽부터……."

"어떤 새끼가……."

달콤한 아침잠을 깨우는 시끄러운 소리에 다들 불평을 하며 자리에서 일어났다. 그리고 그들은 멍하게 막사 정문의 문을 열고 들어선 몇 명의 낯선 사람을 바라봤다. 그 가장 선두에는 얀센이 서 있었다.

"어떤 새끼긴, 얀센이라는 새끼다."

"이 새끼들, 아직 똥인지 치즌지 모르는 모양이로구만."

"흐흐흐, 오늘도 즐거운 하루."

일곱 명이 제각각 한 마디씩 한 후 움직였다.

"일어나!"

"기사아앙!"

"고블린 같은 새끼들아! 빨리 일어나!"

"일 분 준다. 침구 정리하고 연병장으로 집합!"

그 말을 끝으로 모두 나갔다. 막사의 문은 그 고요함을 전해주듯 삐걱거리는 소리조차 내지 않았다. 잠시 동안 멍하니 그 모습을 보고 있던 특무대원들. 하지만 다시 그들의 정신을 일깨우는 목소리가 있었다.

"50초!"

그에 화들짝 깨어난 특무대원들은 그제야 자신이 어디에 있는지 알게 되었다.

"이런 염병."

짧은 한마디와 함께 대충 풀 플레이트 메일을 입고 연병장으로 쏜살같이 튀어나갔다.

다행이라면 다행인 것이 어제 늦게까지 특훈을 하느라 제대로 벗지도 않고 자서 평소 상당한 시간을 소비해야 했던 풀 플레이트 메일을 착용하는 일이 순식간에 끝났다는 점이다.

다다다닥!

철컥! 철컥!

아직 동이 트지 않아 어슴푸레한 상황에서 오와 열을 맞춰 선 특무대원들.

"보고!"

그 와중에 아론은 높은 단상에 자리를 잡고 기다리고 있었 다.

'저 새끼는 잠도 없냐?'

'일찍도 일어났네.'

높은 단상에서 말없이 자신들을 지켜보고 있는 아론의 무 표정한 모습을 본 특무대원들의 한결같은 생각이었다. 그리고 그들은 마른침을 삼켰다. 어제 상황을 봐서 오늘도 결코 녹록 지 않은 하루가 될 것임을 아주 명확하게 알 수 있었기 때문 이다.

"보고! 총원 274! 열외 무!"

"해산!"

"해… 산!"

그들이 기대하던 일은 일어나지 않았다. 곧바로 이어지는 해산 명령. 준비운동이 있는 것도 아니고 특별한 조치도 없었다. 그냥 나와서 인원을 보고하고 끝이었다.

"해사아안!"

그리고 단상 밑에 무표정하게 지키고 서 있던 이들 역시 신형을 돌려 막사 안으로 사라졌다. 그에 뻘쭘해진 특무대원들은 한동안 부동자세를 풀지 못했다.

"이거… 어떻게 해석해야 하는 거냐?"

뭔가 큰 한 방을 기대했는데 그런 것은 아예 준비도 안 했다는 듯이 쑥 막사로 들어가 버리는 특무 부대주와 조교들 때문에 어리둥절한 그들이다.

"뭐 해? 해산이라잖냐."

"어… 그래."

그러면서 머리를 긁적이는 그 순간,

"어?"

"왜?"

"팔이……."

"팔이 왜?"

"안 올라가."

"뭔 말 같지도 않은……."

그러면서 팔을 들어 올리려던 특무대원은 말을 잇지 못했다. 마치 팔을 누가 단단히 붙잡고 있기라도 한 듯 힘도 안 들어가고 올라가지 않았기 때문이다. 처음엔 왜 그런 줄 몰랐다.

그러다 불현듯 어제의 일이 떠올랐다.

'오후에서부터 저녁까지.'

그들은 거의 반나절을 팔굽혀펴기를 했다.

몇 백 개?

그저 웃는다.

몇 천 개?

좀 모자랄 것 같다는 생각이 든다.

몇 만 개?

'그쯤 되지 않을까?'

적어도 그 정도는 되어야 자신들의 지금 팔 상태를 설명할 수 있었다.

몇 백 개 정도는 아무리 훈련을 하지 않더라도 기사들에게 있어선 별것 아니었다. 몇 천 개 정도쯤은 좀 무리하면 할 수 있었다.

다음에 팔에 통증이 올 정도로 말이다. 하지만 몇 만 개는?

'그게 가능하긴 했던 거로군.'

그제야 그들은 인지할 수 있었다. 오거라 할지라도 감당하기 힘든 수의 팔굽혀펴기를 했다는 것을 말이다. 그래서 인정하게 되었다. 불가능은 해보기 전에는 알 수 없다는 것을 말이다.

그리고 불가능한 일을 해낸 이후는 지극한 허탈감과 함께 이루 형언할 수 없는 고통이 따른다는 것도 알았다. 일단 팔이 올라가지 않았으니까.

몇몇은 마나를 돌려 풀어보려 했지만 그렇다 해도 다른 이들과 조금의 차이가 있을 뿐 그리 큰 도움은 되지 못했다.

"밥은 어떻게 먹냐."

"밥은 두고서라도 세수는?"

"세수 따위야 안 해도 괜찮은데……."

"그럼 뭐?"

"더 중요한 게 있지 않나?"

"먹는 거 하고 세수하는 거 빼고 더 중요한 거라니?"

"…싸는 거, 그리고 닦는 거."

그자의 말에 순간 특무대 전원의 얼굴이 심각하게 일그러졌다. 그때 그들의 귓가로 울리는 우렁찬 소리가 들려왔다.

"10분 후 조식!"

일제히 소리가 난 쪽을 바라본 그들의 얼굴이 일그러질 대로 일그러졌다. 그리고 살짝 체념하는 표정을 지어 보였다.

"쓰벌. 세… 수는 포기다."

"뭐 평소에도 잘 안 했는데……."

그러면서도 어쩐지 분위기는 떨떠름했다. 그들은 오와 열을 해체하지 않고 그대로 이열종대로 식당 문 앞에 서서 식당 문이 열리기를 기다렸다. 말하지 않아도 왠지 그렇게 해야 할 것만 같았다.

기사로서 굴러먹은 세월이 있으니 눈치 하나는 정말 드래 곤 뺨칠 정도로 빠르기 그지없었다.

끼이익!

식당 문이 힘들게 열렸고, 특무대원들은 말없이 식판을 들고 배식대 앞으로 향했다. 모든 것이 직각으로 이뤄지는 상황. 식탁은 열 명이 앉도록 되어 있었다. 열 명이 다 착석해야 포크와 나이프를 들 수 있었다.

하지만 섣불리 포크와 나이프를 들 수는 없었다. 그냥 인상을 찡그리며 식판을 바라볼 뿐이었다. 그러다 고개를 들어 맞은편 특무대원을 바라보곤 무언가를 깨달은 듯 팔을 움직이는 게 아니라 어깨를 들어 수저와 포크를 잡고 고기를 썰어 맞은편 특무대원의 입에 넣어줬다.

그 모습을 본 특무대원들은 굉장히 좋은 생각이라는 듯이 고개를 끄덕였고, 여느 때보다 훨씬 많은 양의 고기와 수프, 그리고 빵과 야채를 서로에게 먹여주기 시작했다. 물론 그 행동은 오로지 제1특무대에만 한정되어 있었다.

제2특무대는 그저 곁눈질로 그들의 모습을 바라보고 있을 뿐이었다. 그 모습에 그들은 묘한 위화감을 느꼈다. 마치 자신들이 특무대원이 아닌 것 같은 그런 묘한 위화감 말이다. 자신들도 팔이 저렇게 됐어야 한다는 듯이 말이다.

그렇게 화기애애한 조식이 끝나고, 문제는 화장실이었다. 그래도 뒤로 돌리기만 하면 되니까 그리 큰 문제는 없었다. 그렇게 특무대원들의 유별난 하루가 시작되었다. 그리고 그들이 다시 연병장에 모였을 때 그들은 특무대 부대주와 열 명의 조교들의 특이한 복장에 눈을 부릅떠야만 했다.

"지금부터 특무대원이 갖춰야 할 기초 체력 점검이 있겠다. 모두 상, 하의 탈의한다."

"상, 하의 탈의!"

특무대원들은 지시하는 대로 따랐다. 제멋대로 녹이 슬고, 여기저기 움푹 파이고, 잘 정비되지 않은 풀 플레이트 메일과 무기들이 나란히 한쪽 편으로 정리되었다. 그들이 다시 기본적인 장비만 착용한 채 오와 열을 맞춰 서자 아론이 입을 열었다.

"체력 점검이 있기 전에 어제의 고단함을 풀어줄 가벼운 체조부터 시작하겠다. 조교 앞으로."

"앞으로!"

열 명의 조교가 앞으로 나섰다.

"시범 조교 앞으로!"

"앞으로!"

한 명이 한 걸음 앞으로 나왔다. 그는 얀센이었다. 그의 체구만큼이나 후방에서도 너무나도 잘 보이기 때문이다.

"PT체조 1번 높이뛰기!"

"1번 높이뛰기!"

반복 구호를 하며 다리를 어깨 넓이만큼 벌리고, 무릎은 약간 굽히고, 팔은 벌려서 내린 상태로 양쪽 허벅지 뒤쪽으로 놓고 시선은 전방 15도를 향했다.

"하나!"

아론이 구령을 했고, 그 순간 제라르가 앞으로 나서며 입을 열었다.

"하나에 제자리 점프를 하면서 양손은 앞으로 나란히 하는 것처럼 앞으로 내민다."

그의 설명과 함께 얀센이 정확하게 그 자세를 취했다.

"둘!"

"다시 점프를 하면서 양손을 준비 동작처럼 내린다."

"셋!"

"다시 점프를 하면서 양손을 위로 번쩍 들어서 어깨가 자신의 귀에 닿게 한다."

"넷!"

"착지하면서 양손을 내린다. 여기까지가 1회다."

"알겠나?"

"예!"

아론의 물음에 특무대원들은 악을 썼다. 악을 안 썼다가는 어제처럼 또 꼬투리를 잡혀 몇 만 개의 팔굽혀펴기를 해야 할지 모르니 말이다. 무력은 몰라도 눈치는 소드 마스터급임에 분명했다.

"연속 동작으로 한다. 준비!"

아론의 구령에 다시 자세를 잡는 얀센.

"하나, 둘, 셋, 넷!"

"하나!"

정확한 동작으로 1회 반복한 얀센.

"바로."

"바로!"

부동자세로 선 얀센. 그런 그를 단상으로 불러들인 아론. 그리고 아론은 조금 더 높은 단상으로 올라가 섰다.

단상으로 오른 얀센은 좌중을 한 번 둘러본 후 입을 열었다. 물론 크게 외치지는 않았다.

"부대 양팔 간격."

"양팔 간격!"

빠르게 움직이는 대원들.

"1번 높이뛰기를 실시한다. 9회! 몇 회?"

"9회!"

얀센의 물음에 대원들이 외쳤다.

"8회! 마지막 구호는 생략한다. 하나! 둘! 셋! 넷!"

"하나!"

"하나! 둘! 셋! 넷!"

"두울!"

대원들은 습득 속도가 빨랐다. 그리고 조식 때 팔도 들어 올리지 못해 서로 떠먹여 주던 모습은 온데간데없고, 그들은 아주 정확하게 팔을 번쩍번쩍 들어 올리며 귀에 딱딱 붙였다.

"하나! 둘! 셋! 넷!"

"여덟!"

아주 우렁차게 마지막 구호를 외치는 대원들. 순간 그들은 뭔가 잘못되었다는 것을 깨달았다. 어제와 또 달랐다. 어제는 그냥 하라면 하고 마지막 구호를 생략하면 그만이었다. 그마 저도 솔직히 힘들었지만 말이다.

하지만 그들은 이 순간 절실하게 깨달았다.

'씨발. 열이 아니었지.'

'흉악하기는 드래곤보다 더한 놈.'

'오크 똥구멍이나 핥을 놈 같으니.'

그들이 뒤늦게 자신들이 잘못했음을 깨달았을 때 얀센의 입에서 아주 나직한 음성이 흘러나왔다.

"실망이다. 마지막 구호는 생략이라고 했을 텐데."

"……."

대원들은 꿀 먹은 벙어리가 되었다.

"다시 한다. 18회! 몇 회?"

"18회!"

"17회 역시 마지막 구호는 생략한다. 이번에는 성공하리라 믿는다. 하나! 둘! 셋! 넷!"

"하나!"

역시 착착 진행된다. 하나 대원들은 모르고 있었다. 일부러 얀센이 말을 늘였다는 것을 말이다. 모두 하나의 구호를 외치게 하고 다음에 말을 늘여 후에 말한 회수를 기억에서 삭제하도록 유도하고 있었다.

그 흉악한 계획에 말려든 대원들은 아주 착실하게 마지막 구호를 외쳐줬고, 대원들이 해야만 하는 1번 높이뛰기의 수는 기하급수적으로 늘어나기 시작했다.

"하나! 둘! 셋! 넷!"

"……."

마침내 천 번이 넘는 반복을 끝으로 그들의 높이뛰기는 끝이 났다. 그리고 그 순간 대원들은 앞으로 닥칠 자신들의 미래를 볼 수 있었다.

"2번 굽혀 닿기는……."

"5번 구부리기는……."

"8번 몸통 받쳐 온몸 비틀기는……."

대원들은 전율해야만 했다.

온몸 비틀기라는 말 한마디에 그들은 서늘한 감을 느끼지 않을 수 없었다. 이미 7번까지의 체조를 하는 동안 전신에 무력감이 들 정도로 전신의 근육이 아우성치고 있었고, 혼을 쏙 빼놓고 있는 상황이었다.

그런데 8번 몸통 받쳐 온몸 비틀기는 정말 이것이 체조가 맞는지 의문을 느낄 정도였다. 목도 아프고 팔도 아프고 배도 아프고 다리도 아프고, 안 아픈 데가 없었다. 심지어는 아무 상관없는 발가락도 아픈 것 같았다.

그리고 끝날 줄을 몰랐다. 아무리 집중력이 뛰어난 이들이라 할지라도 지나온 일곱 개의 동작에 이은 8번 온몸 비틀기는 그들의 집중력을 흐트러뜨리고 정신 줄을 놓게 만들었다. 그와 동시에 그들의 눈은 서서히 시퍼렇게 빛이 나고 있었다.

"제군들에게 실망이다. 몸 풀기 체조조차 제대로 해내지 못하다니 말이다. 이제 겨우 절반이다. 제군들은 이 정도의 체력밖에 되지 않는가? 과연 제군들이 대 플람베르 가문의 특무대라 할 수 있는가?"

대원들의 눈에 시퍼런 불이 들어오기 시작했다. 바닥에 양손을 수평으로 펴고, 다리를 15도 좌측으로 틀고, 고개를 들어 우측으로 45도 정도 틀어준 상태에서 부들부들 떨면서 이를 악물고 버텼다.

발이 이렇게 무거운 줄 몰랐다. 머리가 이렇게 무거운 줄 몰랐다. 자신의 복근이 이리도 나약한 줄 몰랐다. 그들은 자신의 나약함에 치를 떨어야만 했다. 그들은 그동안 자신들이 오만했다는 것을, 지극히 나태했다는 것을 느끼고 있었다.

"전체 기상!"

"기상!"

"중식 후 다시 집합한다. 이상!"

"이상!"

얀센과 함께 조교들이 사라졌다. 그에 긴장이 풀린 대원들은 그대로 자리에 주저앉았다.

"후우~"

"이게… 체조라고?"

"저치들이 그러네."

죽을 맛이었다. 몇몇 마나를 다룰 줄 아는 대원들은 허탈하기 그지없었다. 마나를 사용하지 않았음에도 마나 홀이 텅빈 것 같은 느낌을 받고 있었기 때문이다.

"이건 인간이 할 만한 체조가 아니야."

"그런데 아까 봤냐?"

"뭘?"

"우리 앞에 있던 조교들. 우리와 똑같이 하면서 단 한 번도 틀리지 않는 거."

"그… 러네."

그들의 말에 주변에 있던 대원들은 썩은 얼굴을 해 보였다.

확실히 그랬다. 그들은 단 한 번도 틀리지 않았다. 특히 다섯 명의 조교는 더했다. 정확한 동작과 함께 지치지 않는 체력. 그들 역시 마나를 사용하지 않았음에도 불구하고 전 과정을 진행하는 동안 단 한 번도 틀리지 않았다.

마치 진짜 체조라도 하듯이 말이다.

"젠장!"

누군가의 입에서 나직한 말이 흘러나왔다. 아마도 말은 하지 않았지만 모든 이들이 같은 생각을 하고 있을 것이다.

"오후에도 이러려나?"

"더하면 더했지 덜하지는 않을걸."

그들은 그러면서 자리에서 일어나고 있었다. 아무리 힘들어도 밥은 먹어야 했다. 체조를 할 때는 몰랐는데 체조가 끝나자 전신의 뼈마디가 쑤시고 근육이 비명을 지르는 것 같았다. 그들을 이끄는 레이 프리스트의 경우는 조금 달랐다.

아니, 몇몇 대원은 깨달은 것이 있었다. 이전과 달라진 자신의 몸을 말이다.

지금 현재는 전신 근육이 비명을 지르고 있지만 어제와 오늘은 또 다르다는 것을 말이다. 새벽 조식 때 팔조차 들어 올리지 못한 이들이 태반이었다.

하나 지금은 전신 근육통에 투덜거리기는 했지만 팔을 들어 올리지 못한 이는 아무도 없었다. 그들은 그것을 잊고 있었다. 그리고 교관과 조교들은 식사 시간을 철저하게 지켰다. 밥 먹을 때는 개도 안 건드린다는 말을 증명이라도 하듯이 말이다.

하지만 대원들은 결코 직각 보행과 직각 식사, 오와 열을 맞춰 4인 1개 조씩 움직이는 것을 절대 잊지 않았다. 또한 이동할 때는 가벼운 구보로 이동하는 것도 잊지 않았다. 절대 행해질 수 없을 것 같은 그들의 행동.

그들이 자발적으로 단 하루 만에 완벽하게 달라진 이유는 입으로는 끊임없이 투덜거렸지만 그들은 하고 싶었던 것이다. 비주류지만 주류에 편입되고 싶었던 것이다. 무능하지만 강해지고 싶었던 것이다.

세상이 자신을 알아주지 않음에 비관한 것도 사실이다. 기회만 주면 잘할 수 있다는 것을 보여주고 싶었던 것이다. 하지만 세상은 평민인 자신들에게, 주류가 아닌 비주류인 자신들에게 그럴 기회조차 주지 않았다.

그리고 그들은 그렇게 자포자기의 삶을 살아가고 있었다. 그런 와중에 길버트와 아론이 모습을 드러낸 것이다. 특히 아론은 그들 앞에 서서 자신들을 기사가 아닌 가병처럼 대했다. 그러함에도 그들은 투덜거리면서 그의 말을 따랐다.

왜냐하면⋯⋯.

'나를 알아주니까.'

'차등을 두지 않으니까.'

'우릴 압도할 만한 실력이 있으니까.'

그랬다.

대주는 몰라도 부대주인 아론은 실력이 있었다. 그리고 부대주를 따르는 여섯 명의 조교도 충분히 실력이 증명되었다.

121명이나 되는 자신들을 단 일곱 명이서 초토화시켰으니 말이다. 그런 그들이 직접 자신들을 조련한다니 따르지 않을 이유가 없었다.

그런 나날이 하루, 이틀, 사흘, 그리고 한 달이 지났다.

그동안 그들은 모든 육체적인 훈련을 감당해 냈다.

그리고 달라졌다.

한 달 전보다 그들은 오히려 살이 붙었다. 충실한 훈련과 그 충실한 훈련을 메우는 충분한 식사가 있었다.

이런저런 생각을 할 필요조차 없었다. 아니, 그럴 시간을 가질 수가 없었다. 훈련이 끝나면 눕기가 무섭게 곯아떨어졌으니까 말이다.

그 한 달의 기간 동안 그들이 경험한 훈련은 정말 치가 떨릴 정도였다.

생전 들도 보도 못한 훈련 방법이었고, 전신의 모든 근육을 사용했다. 근육통은 훈련을 시작한 지 일주일 만에 사라졌고, 보름쯤이 되었을 때 은근히 훈련을 즐기는 경지가 되었다.

"그동안 수고했다."

아론이 짧게 입을 열었다.

"이제부터 특무대로서 갖춰야 할 기본 전술 훈련을 실시하도록 하겠다."

'이제야 기본 훈련이라고?'

'그동안의 훈련이 기초 체력 훈련이었다면서?'

'대체 기본 전술 훈련은 뭐지?'

'상상조차 할 수 없군.'

지독스러운 기초 체력 훈련을 마친 그들은 다시 기본 전술 훈련이라는 말에 대체 어떤 상상을 해야 할지 감조차 잡지 못한 상태가 되었다.

"오늘 하루는 쉰다. 이후 명일 새벽 전시 군장으로 델포르 산으로 이동한다. 이상."

"이상!"

한 달 만에 하루의 휴식 시간이 주어졌다. 해산해도 되겠지만 274명의 대원들은 좀처럼 부동자세를 풀지 못하고 해산할 기미를 보이지 않았다.

"후우~"

여기저기서 나직한 한숨이 흘러나왔다.

"안 끝날 것 같더만."

"그러게."

그들은 지금 이 순간 자신이 한 달 전과는 비교조차 할 수 없을 정도로 달라졌다는 것을 알 수 있었다. 필요 없는 근육은 없었다. 자신의 무기를 다룸에 있어서, 혹은 움직이는 데에 있어서 최적화된 모습으로 변해 있었다.

누군가 옆에 서 있던 대원의 팔을 툭툭 건드리며 말했다.

"달라졌네."

"그런가? 하긴 뭐 나조차도 느낄 수 있는데……."

또 하나 다른 점이 있다면 한 달 전의 그들과는 달리 그들은 서로를 동료로서 인정하고 있다는 것이다. 수직적인 관계가 아닌 수평적인 관계, 그러면서도 묘하게 잘 맞물려 들어가는 것 같은 분위기였다.

"자아~ 일단 쉬자고. 오늘 하루만큼은."

"그러지."

그들은 어느새 오와 열을 맞춘 채 걸음을 옮기고 있었다. 막사에 들어간 이후에도 그들은 지금의 상황이 도저히 믿기지 않는다는 듯한 표정이었다. 그러다 누군가 한 명이 무기를 꺼내 들고 손질하기 시작했다.

그리고 그런 행동은 전체로 퍼졌고, 내일의 훈련을 위해서 날카롭게 무기를 벼리기 시작했다. 그도 그럴 것이, 그들이 향할 델포르 산은 몬스터로 유명한 산이기 때문이다.

"도대체 몬스터가 득시글거리는 델포르 산으로 무슨 훈련을 떠나는 거지?"

"낸들 아나? 예상해 보자면 뭐 몬스터 사냥이지 않을까?"

"완전 군장이라던데?"

"그건 좀 의문스럽긴 한데 말이지."

여러 가지 추측이 오고 갔다. 하지만 그 누구도 확실한 추측을 내놓지는 못했다. 훈련 일정을 생각하는 것은 자신들의 몫이 아니라 부대주의 몫이었다. 그들은 하루의 휴식을 결코 흥청망청 쓰지 않았다.

한 달이라는 시간이었지만 그들은 시간을 쪼갤 줄 알았다. 적당한 휴식과 이제는 절로 몸에 밴 적당한 훈련 방법.

체력 훈련 15개 동작을 자연스럽게 행했고, 씻거나 몸을 담금질했고, 내일에서부터 시작될 끝을 모를 일정을 두고 가벼운 긴장감을 유지했다.

그렇게 하루를 보내고 다음날 먼동도 떠오르지 않는 새벽에 일어나 오와 열을 맞춘 대원들을 바라보며 아론이 가볍게 입을 열었다.

"델포르 산까지 구보 앞으로."

"구보 앞으로."

델포르 산이 플람베르 가문의 영역에 있기는 했지만 그 거리가 결코 만만치 않았다. 걷는다면 적어도 삼 일은 걸릴 것이고, 가볍게 뛴다 해도 하루 이상은 걸리는 거리였다. 그런데 공격 대형이 아닌 방어 대형인 완전 군장으로 뛰어간단다.

"들숨과 날숨을 일정하게 한다."

"가늘게 들이마시고 강력하게 내뿜는다."

"동료를 버리지 마라."

"전장에서 너희들의 등을 맡길 수 있는 자는 오직 동료밖에 없다."

그들은 달리면서 물을 마시고, 달리면서 식사를 했다. 단 한 순간도 쉬지 않았다.

"후욱! 후욱!"

그들은 나직하게 숨을 내쉬고 있었다. 거칠고 불안정한 것이 아니라 안정되고 일정한 숨이었다. 하지만 결코 간단하지 않았기에 그들의 얼굴은 이미 땀과 먼지로 가득했다. 그렇다고 해서 그 누구도 포기한다는 말은 하지 않았다.

그만한 체력이 되었기 때문이다. 또한 대주 이하 모든 간부진 역시 완전 군장으로 같이 뛰고 있었다. 그중 아론을 비롯한 일곱 명의 조교는 땀조차 흘리지 않았다. 물론 대주 역시 마찬가지였지만 아무래도 대원들에게 강력한 이미지가 박힌 이는 아론 쪽일 수밖에 없었다.

한 달 동안 동고동락한 것은 어디에 비견할 수 없는 장점이

었으니까 말이다. 그런 그들의 얼굴을 흘깃 바라본 대원들은
내심 침음을 내뱉을 수밖에 없었다.

'우리는 강해졌다. 그런데⋯⋯.'

'저 괴물들은 대체 뭐지?'

'똑같이 뛰는데 도대체 왜 저 괴물들을 따라잡지 못하냐
고.'

특히 레이 프리스트의 경우는 더하면 더하지 못하지 않았
다. 체력만큼은 자신 있었고 다른 대원들과 비교해서도 그는
확연하게 월등한 체력을 지니고 있었다. 하지만 교관과 조교
들에 비하면 새 발의 피였다.

'에효~'

가볍게 한숨을 내쉬고 호흡에 집중하는 레이 프리스트의
얼굴에는 투지가 떠올라 있었다.

반드시 저들만큼 해내겠다는, 아니, 저들보다 더 나은 실력
을 갖추겠다는 그런 투지였다.

그렇게 하루 반나절을 달려 도착한 델포르 산. 아직 밝은
날이어서인지 몬스터의 울음은 들리지 않고 그저 기이한 적막
만 감돌 뿐인 델포르 산이었다.

"선두 정지!"

마침내 구보가 멈추는 순간이다.

"후욱! 후욱!"

거친 숨을 들이쉬는 대원들.

그들이 아무리 강철 체력이라 할지라도 마나를 사용하지 않고 오로지 체력만으로 델포르 산까지 뛰어온다는 것은 정말 생각지도 못한 일임에는 분명했다. 하지만 그들은 해냈다.

'해냈다.'

'이게……'

'가능한 일이었군.'

'그럼 대체 불가능한 건 뭔데?'

'드래곤을 잡는 건 불가능할까?'

'있어야 말이지.'

그들은 눈으로 대화를 나눴다.

"진영을 세우고 오늘 하루는 이곳에서 휴식을 취한다."

"레이 프리스트와 마이클 레베스크 호출이다."

제라르의 전언에 둘은 휴식을 취하려다 말고 부대주에게로 향했다. 그곳에는 부대주뿐만 아니라 대주와 교관까지 있었다.

"부르심을 받았습니다."

"앉아."

가볍게 답하는 아론. 그들이 앉자 아론은 그들에게 차를 내어놓았다.

차라고는 하지만 그저 밍밍한 물 한 잔이 전부였다. 그들 역시 자신들과 똑같은 생활을 하고 있는 것이다. 아니, 어쩌면 자신들보다 더 혹독한 시간을 보내고 있을지도 몰랐다.

"레이 프리스트와 마이클 레베스크를 각각 특무대 제1전대장과 제2전대장으로 임명한다."

"알겠습니다."

"또한 내일부터 몬스터 사냥에 나선다. 제1전대장은 나와 함께 움직이고, 제2전대장은 대주와 함께 움직인다."

순간 레이와 마이클은 본능적으로 경쟁이라는 것을 알 수 있었다. 그리고 속으로 나직한 한숨과 함께 황당함이 밀려들었다.

'참 무식하기도 하다.'

'포악하기로 유명한 델포르 산의 몬스터를 상대로 경쟁을 시키다니.'

하지만 반박할 수는 없었다.

반박하는 그 순간 몬스터에 죽는 것이 아니라 지금 눈앞에 있는 무식한 인간에게 죽을 것 같아서였다. 그리고 그 옆에서 특임대 대주이면서도 모든 전권을 부대주에게 맡기고 세상 편하게 있는 길버트 플람베르란 사람도 얄미웠다.

"이기면 뭐 없나?"

"몬스터 가죽 정도?"

"그거밖에 없어?"

"그럼 뭘 더 바라?"

"그래도 현상금 정도는 있어야 하지 않겠나?"

"그 돈은 누가 주고?"

"어… 자네가 주면 안 되나?"

"난 용병인데?"

"용병이 돈이 더 많지 않나?"

"상식적으로 생각해 보자고. 용병이 돈이 더 많을지 아니면 플람베르 가문의 대공자가 더 많을지."

"그렇긴 한데 난 12년 만에 돌아왔고, 세력도 없고, 대공자이기는 하지만 지금은 특임대 대주니까."

"대주가 전권을 가지고 운영비를 관리하지 않나?"

"어… 그런가?"

머리를 벅벅 긁으며 그게 그렇게 되느냐는 듯한 표정을 지어 보이는 길버트.

'뭐냐, 저 멍청이는?'

'저거 플람베르 가문의 대공자 맞아?'

순간 둘은 합심해서 길버트의 뒤통수를 후려칠 뻔했다.

"그래도 이기면 뭔가 보상은 해줘야 재미있지."

"실력이 늘었으면 그것으로 끝이지."

"정말 실력이 늘까?"

"안 늘면 늘 때까지 여기서 안 나가."

둘은 대주와 부대주이면서도 허심탄회하게 대화를 하고 있었다.

"흐음. 그렇단 말이지? 그러면 빨리 늘려야겠는데? 델포르 산 최고의 몬스터는 뭐지?"

"그야 뭐… 오거?"

"아닙니다. 조사한 바로는 이곳에 와이번의 둥지가 있다고 알려져 있습니다."

"그렇다는군."

더글러스의 말에 길버트가 아론을 향해 고개를 돌리며 입을 열었다.

"와이번이라……. 해볼 만하군."

"정말 해볼 만한가?"

"와이번이라 해봐야 좀 덩치 큰 조류일 뿐이지."

와이번을 그저 조류에 비교해 버리는 아론의 만행에 어처구니없다는 듯이 멍하게 그를 바라보는 길버트.

"이봐, 모르나 본데, 와이번은 말이지, 드래곤의 아류라고."

"그럼 날개 달린 파충류로군."

"그……"

말을 하려다 마는 길버트. 무슨 말을 해도 아론의 입에서는 절대 정확한 표현이 흘러나오지 않을 것 같았기 때문이다.

"어쨌든 내일 자네는 어디로 갈 텐가?"

"동쪽."

"그럼 난 서쪽이겠군."

동쪽이라는 말에 프리스트 제1전대장의 얼굴이 썩어들어 갔다. 델포르 산의 지형 상 동쪽으로 갈수록 조금 더 험했고, 몬스터의 수나 혹은 억세기가 서쪽과는 비교 불가였기 때문이다.

'쉽지는 않겠군.'

확실히 쉽지는 않았다. 하지만 불가능해 보이지는 않아 보였다. 한 달 전, 자신이 이곳까지 마나를 쓰지 않고 오로지 체력만으로 뛰어올 줄 누가 상상이나 했겠는가?

한 달 전부터 특무대는 항상 불가능에 도전해 오고 있었다.

이것도 그 일환일 뿐이었다.

"준비는 어떻게 합니까?"

"특무 1전대와 2전대로 나누고, 베이스캠프는 이곳으로 정하며, 이틀에 한 번 베이스캠프로 집결한 후 성적을 비교하고, 그 과정을 한 달간 지속한 후 훈련 기간을 보름으로 늘린다. 최종적으로 델포르 산에서 한 달을 버틸 수 있을 때까지 훈련을 거듭한다. 질문 있나?"

"없습니다."

"그럼 나가봐."

"명!"

프리스트 1전대장과 레베스크 2전대장이 나가자 길버트가 물었다.

"가능하겠나?"

"왜, 자신 없나?"

"여기서 왜 자신감이 나와?"

"어쨌든 해야 할 일이지 않나?"

"그렇기는 하지만 이렇게 하는 것 외에도 방법은 많을 듯싶은데 말이지."

"두 개의 조직을 하나로 묶기에는 생사를 같이하는 방법 외에는 없지."

"그렇긴 한데."

"그리고 시일이 얼마 남지 않은 것으로 아는데?"

아론의 말에 길버트는 인상을 찌푸렸다. 사실 이곳으로 출발하기 전 군수를 조달하면서 이런저런 말이 많았다.

*   *   *

"언제 해체해도 무방할 특무대를 지원해서 대체 무엇을 어쩌자는 말이오?"

"그래도 대공자께서 행하시는 일입니다. 적어도 최소한의 지원은 있어야 하지 않겠습니까?"

"어차피 그들이 살아 돌아와야 플랑드르로 지원군을 보낼 수 있습니다. 또한 시한도 3개월이니 어쨌든 전폭적인 지원을 해줘야 합니다."

대부분 지원을 해주자는 말이 있었지만 그렇다 하더라도 그런 특무대를 왜 지원해야 하는지 말이 많았다. 하지만 아는 사람은 다 알고 있다.

특무대를 지원하지 않으려는 이유를 말이다. 바로 특무대가 현재 와병 중에 있는 가주가 속해 있던 무력 단체라는 것이다.

현 가주가 가문을 이어받고 그의 힘이 강해지기를 원치 않던 여러 원로들이 의도적으로 행한 가장 첫 번째가 바로 특무대의 유명무실화였다. 그리고 지금은 언제 해체되어도 이상하지 않을 정도가 되었다.

그런데 대공자가 특무대주로 임명되고 부흥의 움직임을 보였다. 그러하기에 반대하는 것이었다. 하지만 그것은 겉으로 드러난 부분이었고, 그 속내는 찬성을 이끌어내기 위한 방법론일 뿐이었다.

그들의 내심은 달랐다.

'그래, 지원을 하자. 그것도 아주 전폭적으로.'

'그리고⋯ 플랑드르에서 죽어라.'

'대공자 당신의 무덤은 바로 플랑드르요.'

그랬다.

그들의 속내는 바로 그것이었다. 전폭적으로 지원해 주고 플랑드르에서 죽으면 좋고 패전하여 도망 오면 그것을 빌미로 그의 모든 것을 박탈하는 것이었다. 그렇게 되면 자연스럽게 그의 존재를 지워낼 수 있을 터였다.

"지원해 줍시다."

"그것이 대세겠지요."

"어쩔 수 없군요."

마지못해 승낙하는 척했다. 하지만 그들은 속으로 웃었다. 자신들이 원하는 대로 흘러가고 있었기 때문이다. 보고를 받기는 했다. 특무대의 부대주라는 자가 하는 미친 짓거리를 말이다.

그런 그들의 지원을 받아온 길버트였다.

야심차게 본가로 복귀했다. 본가를 원래대고 바꿔놓기 위해서 말이다. 일말의 걱정은 들었다. 하지만 이미 기호지세라 할 수 있었다. 내리기에는 너무 멀리 와 있었다.

"그렇지. 시간이 너무 없지."

"그렇다면 이 방법이 최고의 방법이다. 단기간에 전력을 극대화할 수 있는 방법으로는. 그리고……."

"그리고?"

"플람베르 가문의 마나 호흡법을 풀어라."

"그건……."

아론의 말에 조금은 난감한 표정이 되는 길버트였다. 그것은 네 명의 기사와 더글러스 역시 마찬가지였다. 설마하니 마나 호흡법을 풀라는 말을 할 줄은 몰랐기 때문이다.

"왜? 안 되나?"

"내 마음대로 할 수 있는 것이 아니다."

"적통의 마나 호흡법을 풀라는 것이 아니다. 내가 알기로 직계로만 전해져 오는 호흡법이 있고 방계의 호흡법이 있다. 그리고 각 호흡법에는 몇 개의 단계가 있고 말이다. 그중 사장된 마나 호흡법이 꽤 된다고 알고 있다."

"그야 그렇지만……."

"그 사장된 마나 호흡법을 전수하라는 말이다."

"그렇다 하더라도……."

"이들은 너의 수족이 될 자들이다. 수족에게 그 정도도 못 해주는가? 그러면 무엇 하러 가문으로 돌아왔나?"

"그……."

"그 정도의 각오도 없었던가? 정말 그런 거냐?"

아론은 정신없이 몰아쳤다.

"부대주님, 그것은 그리 간단치 않습니다."

"뭐가 그렇지 않은가? 여기서 물러서면 갈 곳이 있나?"

"없… 습니다."

나섰던 더글러스가 어렵게 입을 열었다. 더 이상 물러설 곳도 없었다. 막다른 골목이었다.

"자네 말이 맞네. 내가 어리석었군."

"그래, 어리석었다. 물러나면 갈 곳이라도 있는 양 하지 마라. 매 순간순간 목숨을 내놓아라. 그렇게 치열해야만 네 자리를 되찾고 가문의 최정상에 오를 수 있는 것이다."

"미안하다."

"되었다. 두 번 다시는 나약한 생각을 하지 마라. 그렇다면 너는 나의 친구가 될 자격이 없다."

실로 대단하지 않은가? 일개 용병이 에퀘스의 성역 이좌에 올라 있는 플람베르 가문의 대공자에게 친구의 자격을 논하고 있는 것이다. 그리고 플람베르 가문의 대공자는 자신이 잘못했음을 인정하고 있지 않은가?

그 모습은 더글러스를 비롯한 네 명의 기사에게 참으로 생경하게 다가가고 있었다. 친구인 것은 알고 있었다. 하지만 친구라 할지라도 격이 있는 법이다. 한데 길버트는 그 모든 것을 뛰어넘어 진심으로 자신의 실책을 인정하고 있고, 용병이라는 자는 그런 대공자의 실수를 쉴 틈 없이 질책하고 있으니 말이다.

"그들에게 야수감각도라는 호흡법을 전수하겠다."

"대주, 그것은……."

"가문의 금기이지."

"가문의 금기라……. 위험하다는 뜻인가, 아니면 익히지 못한다는 것인가?"

"위험하다는 뜻이다. 익히지 못할 정도로 말이다."

그에 아론은 흰 이를 드러내 보이며 웃었다.

"좋군. 대신 효과는 확실하겠지?"

"야수감각도를 깨닫는 그 순간 마나를 느낄 수 있다. 그리고 상상을 초월하는 속도로 발전할 수 있다."

"단점은?"

"그 난폭함으로 인해 먹히지 않는다면 가능하다는 것이다."

"그 정도로 나약하다면 특무대원이 될 자격이 없지. 벗어나기 위해서는 어찌하면 되는가? 최대한 빠르게 상급에 올라야 한다. 하지만 그것은 최소의 자격이고 유혹에 빠지지 않으려면 마스터에 올라 스스로 자유자재로 야수감각도를 조절할 수 있어야 한다."

"훌륭하군. 전 인원을 집합시켜라."

"지금 당장 말이우?"

"그래."

"알았수."

떡 본 김에 제사 지낸다고, 아론의 지시 사항은 일사천리였다. 모두가 궁금한 얼굴로 집합했다. 단 한 번도 휴식 시간을 어기고 자신들을 집합시킨 적이 없었기 때문이다.

"밀집대형!"

"……"

이번에는 복명복창이 없었다. 이곳은 몬스터와 전투를 치를 장소였다. 복명복창을 할 이유가 없었던 것이다. 대신 신속하게 밀집대형으로 다닥다닥 붙었다.

"지금부터 대주가 야수감각도라는 호흡법을 전수해 줄 것이다."

그에 274명의 특무대원들이 화들짝 놀란 얼굴이 되었다. 어느 가문도 자신의 직계가 아닌 이상 호흡법을 전수해 주지 않는다. 그래서 마나 호흡법은 비인부전이라고 했다. 그런데 그런 호흡법을 전수해 준다고 하니 당연한 반응이라 할 수 있었다.

"사실입니까?"

가장 앞에서 프리스트 1전대장이 물었다.

"사실이다."

간단하게 확인시켜 주는 아론.

"그러나 한 가지 단점이 있다."

"무엇입니까?"

"위험하다."

아론의 말에 프리스트 1전대장과 레베스크 2전대장은 휜

이를 드러내며 웃었다. 마나 호흡법을 배울 기회이다. 위험하다는 말 한마디에 물러설 수 없었다.

"얼마나 위험합니까?"

"잡아먹히면 내 손이나 혹은 여기 있는 조교들의 손에 의해 죽는다."

결코 쉽지 않은 마나 호흡법이라는 말이다.

"결정할 시간을 주겠다."

"그럴 필요 없습니다!"

누군가 외쳤다. 기사는 자신을 알아준 주군을 위해서 목숨을 바친다. 또한 잘못 되었을 때 자신을 알아준 사람의 손에 죽는다 하니 망설일 이유가 없었다.

"좋다!"

아론의 말과 함께 길버트가 앞으로 나섰고, 특무대원들은 신경을 곤두세우고 그의 말을 경청했다. 단 한 자도 흘려듣지 않기 위해서이다. 그리고 그들은 느낄 수 있었다. 야수감각도라는 마나 호흡법에 내재되어 있는 폭발성과 위험성을 말이다.

하지만 묘한 매력이 그들을 잡아끌었다. 빠르게 강해질 수 있었다. 정신을 바짝 차리면 그 누구도 무시하지 못할 정도로 빠르게 강해질 수 있었고, 어떤 무술과도 상성이 잘 맞았다. 야수감각도는 특정한 형태가 없었다.

그러하기에 야수감각도는 마치 용병들의 검술과도 같았다. 투박하고 격렬했으며, 형태를 갖추지 않았고, 딱히 검로가 있는 것도 아니었다. 수없이 단련하고 단련해야만 갖춰질 수 있는 것들이었다.

하지만 자신들은 이미 자신만의 무기를 가지고 있었고, 눈을 감고도 휘두를 수 있을 정도로 검로를 익히고 있었다. 처음부터 개척해 나가야 하는 용병들과 다르게 자신들은 거의 50% 이상 갖추고 있는 것이다.

물론 중간중간 끊임없이 피와 투쟁을 요구하는 유혹이 존재했다. 그것을 이겨내면 된다. 하지만 대부분의 기사는 마나 호흡을 하면서 많든 적든 간에 그 유혹을 받게 마련이다. 그리고 자신들은 그것을 바로잡아 줄 멋진 교관들이 있었다.

그러니 하지 않을 수 없었다.

길버트의 설명이 다 끝난 후 274명의 특무대원들은 곧바로 마나 호흡법에 빠져 들었다.

CHAPTER 5

완성

그들의 마나 호흡은 상당히 길었다. 처음 마나 호흡을 하는 이들도 있었고, 다른 마나 호흡법을 알고 이는 이들도 있었다. 중요한 것은 야수감각도가 그 모든 것을 포용한다는 것이었다. 물론 쉽지는 않았다.

말은 포용한다고 했지만 실제 마나 호흡을 하면서 느끼는 감정은 모든 것을 파괴하는 것 같은 느낌이었다. 혈관이 찢어지고 근육이 파괴되는 것 같은 느낌이었다. 이마에 힘줄이 솟고, 얼굴이 붉어지며 굵은 땀이 흘러내리기 시작했다.

이를 악물어야 했고, 어떤 이는 몸을 떨어야만 했다. 하지만 누구 하나 신음성을 흘리는 사람은 없었다. 가끔 야수감각도의 파괴적인 기운에 몸과 마음을 빼앗겨 폭주 상태로 넘어가려는 이들이 있었으나 그런 이들은 보이는 즉시 조치를 취했다.

274명의 특무대원 전원이 그들의 통제 아래 있는 것이다. 실제 그들 전체를 통제하고 감시하는 역할은 아론이 했다.

아론은 자신의 마나를 가늘고 길게 풀어내 특무대원 전원과 연결시켰다.

그가 아니고서는 절대 행할 수 없는 기이한 광경이었다.

길버트와 더글러스, 그리고 네 명의 기사는 지금까지와는 또 다른 그의 진면목을 보고 경탄하지 않을 수 없었다. 자신들로서는 평생을 가도 볼 수 없을 그런 광경이었기 때문이다.

'나는… 아직도 멀었는가?'

길버트 플람베르.

그는 아론의 도움으로 상급에서 마스터가 되었다. 지금 가문에서 자신이 마스터에 올랐음을 아는 이는 거의 없을 것이다. 아마 그와 대면한 가주 정도면 모를까 말이다. 그가 가주를 대면할 때 가주는 병색이 완연했다.

하지만 가주의 눈빛은 여전히 강맹했다. 과연 와병 중인 사람이 맞을까 싶을 정도였다. 가주는 자신의 모든 것을 꿰뚫어 보고 있는 듯했다.

그때 길버트는 알 수 있었다. 어떤 이유에선지는 모르겠지만 가주는 그저 칭병을 하고 있을 뿐이라는 것을 말이다. 세상에 그레이트 마스터가 병에 걸릴 경우는 누군가 악독한 마음을 가지고 독을 사용할 경우 외에는 없다고 봐도 무방했다.

또한 그런 독이 과연 존재할까 하는 생각이 들었다. 그래서 가주는 자신이 넘을 수 없는 벽과 같은 존재였다. 세상에 유일하게 그런 감정을 느끼는 존재가 바로 가주라고 생각했다. 하지만 여기서 또 다른 벽을 볼 수 있었다.

'어쩌면 그는 가주를 넘어섰을지도 모른다.'

아론은 스스로 자신의 경지가 어느 정도인지 알려주지 않았다. 하지만 알려주지 않아도 자연스럽게 알 수 있었다. 대충하는 것 같지만 그의 행동 하나하나에는 현기가 깃들어 있었다. 지금과 같은 상황도 마찬가지였다.

그가 아니었다면 분명 몇 명은 죽었을 것이고, 몇 명은 광란에 빠졌을 것이며, 몇 명은 피를 토했어야 정상이다. 그러나 고통스러워하는 이는 있을지언정 호흡이 끊기는 자는 없었다. 그가 하는 일이라고는 그저 지켜보는 것뿐인데도 말이다.

원래는 도착한 다음 날 훈련을 겸하는 몬스터 사냥을 나설 계획이었다. 하나 깨어나는 자들이 있는 반면에 아직도 깊고 깊은 호흡에 잠겨 있는 이들도 있어 어쩔 수 없이 훈련을 미룰 수밖에 없었다.

호흡에서 깨어난 이들은 자신이 익스퍼트에 올랐음을 깨달았다. 각자의 능력에 따라 차이는 존재했는데, 최소 익스퍼트 하급에 들었고 이미 마나를 깨닫고 익스퍼트에 올라 있던 이들은 조금 더 깊은 호흡 속에서 더 높은 경지로 발전하게 되었다.

그렇게 꼬박 이틀의 시간이 흐른 후 마침내 274명 전원이 깨어났다. 호흡에 들기 전 익스퍼트 하급에 든 이들이 고작 30명 내외에 불과했지만 호흡 이후 274명 전원이 익스퍼트에 들었다.

실로 감탄을 금할 수 없는 마나 호흡법임에 틀림없었다. 그런데 이런 호흡법이 왜 사장되었을까?

그것은 바로 야수감각도를 통제할 만한 이가 없었기 때문이다. 야수감각도를 받아들이기 위해서 가장 먼저 선행되어야할 것은 바로 극한으로 발달된 신체였다.

물론 아론이 그것을 미리 알고 21세기 지구의 PT 체조를 실시한 것은 아니었다. 하지만 결과적으로 21세기 지구의 PT 체조는 274명의 특무대원들의 몸을 야수감각도를 받아들이기에 가장 적절한 체질로 바꿔주었다.

21세기 지구의 PT 체조는 그들이 이제까지 경험하지 못한 특별한 것이었고, 가장 과학적인 방법이었다. 그리고 거기에 더하여 이들은 PT 체조를 하기 전에도 상당한 고련을 했고

풍부한 마나와 그들을 이끌어 줄 훌륭한 교관이 있었다.

바로 아론이라는 훌륭한 교관 말이다. 한 사람의 마스터가 혈관을 타고 흐르는 야수의 기운을 온전하게 흡수할 수 있도록 유도하는 것은 굉장히 힘들고 어려운 일이었다. 자칫 잘못하면 익히는 사람이나 마나를 유도해 주는 사람이나 모두 폐인이 되기 십상이니까 말이다.

'그런 면에서 아론은 정말 대단한 친구다. 내가 그를 아버지보다 더 높은 그랜드 마스터로 보는 것은 바로 그 이유 때문이다. 마나를 세밀하게 조절하는 능력. 그것도 한 명에 대해서가 아니라 274명이라는 다수를 두고 그 모두의 마나를 유도해 줄 수 있는 능력적인 면에서 말이다.'

'어쩌면 아론은 단 한 번도 출현한 적 없다던 그랜드 마스터, 혹은 퍼펙트 마스터일지도 모른다.'

'그는 진정인 신인인 건가?'

'그를 다시 보아야 할지도.'

'나는 이곳에서 전설의 시작을 보는 것일지도 모른다.'

길버트, 더글러스, 그리고 네 명의 기사는 각자 그런 생각을 떠올렸다. 길버트나 더글러스를 제외하고도 네 명의 기사역시 PT 체조를 훈육하고 직접 행한 결과 각기 한 단계 이상의 벽을 깨고 진보할 수 있었다.

아케메네스는 최상급에 들었고, 벨리사리우스와 트라야누

스, 그리고 로버트 브루스는 각각 상급에 들었다. 그들이 상급의 벽을 허물 수 있던 이유는 바로……

'기본을 등한시했던 것이지.'

'결국 모든 상급의, 혹은 최상급의 검술은 기본에서 시작되는 것을.'

그들은 각기 그것을 깨달았다. 그것을 깨닫는 순간 그들은 한 단계 진일보했다. 그것은 아론을 따르는 여섯 명의 용병 역시 마찬가지였다. 그들은 PT 체조를 하면서 기본을 다졌다. 그리고 네 명의 기사와 다르지 않은 깨달음을 얻었다.

얀센과 제라르는 최상급이 되었고, 브라이언과 마이크, 유리, 그리고 니콜라이 모두 상급에 올랐다. 또한 그들은 각기 속성을 가지게 되었다. 마스터가 되기 이전에 속성을 가지는 경우는 극히 드물었으나 아론과 생활하면서 각기 자신에게 맞는 속성을 가지게 된 것이다.

'나의 주군은 바로 부대주이다.'

모든 이가 대주를 자신의 마스터로 삼았다. 그는 플람베르 가문의 대공자였으니까. 그리고 마나 호흡법 역시 그가 전수해 준 것이므로. 하나 단 한 명만이 눈을 반짝이며 아론을 바라보고 있었다.

그는 바로 레이 프리스트였다.

그는 이미 아론이 부대주로서, 혹은 총괄 교관으로서 역할을 수행하기 전부터 익스퍼트 하급의 기사였다. 그가 특무대에서 지낸 시간은 장장 10년의 기간이다. 그 긴 시간 동안 자신을 눈에 담는 이는 단 한 명도 없었다.

그런데 단 한 명.

지금 자신의 눈앞에 있는 자, 아론만이 자신을 차별 없이 대해주었다. 물론 다른 이들도 마찬가지였다. 하지만 10년 동안 특무대에서 지내온 레이 프리스트에게는 그의 모습이 달리 보였다.

'그가 나를 받아준다면 기꺼이 기사의 작위를 내놓으리라. 그를 따를 수만 있다면.'

이렇게 한 사람의 인생이 결정되고, 결국 길버튼는 273명의 충실한 수하를 얻을 수 있었다. 그가 가문에 복귀한 이후 가지는 가장 첫 번째 세력이라 할 수 있었다. 이후 특무대는 오로지 길버트 플람베르만의 세력으로 남을 것이다.

그에 길버트는 가슴이 벅차오름을 느꼈다. 사실 크게 기대하지 않았다. 아무리 아론이 뛰어나다 할지라도 274명 전원을 성공시킬 거라고는 생각하지 않았다. 인원 중 3분의 1만 남아도 대성공이라고 생각하고 있었다.

한데 274명 전원이 살아남았고, 익스퍼트의 기사가 되었다. 정확히는 확인해 봐야 알겠지만 적어도 상급의 기사 열 명 정도에 중급의 기사 오십 명, 그리고 나머지는 전부 하급의 기사였다.

"모두 준비되었나?"

아론이 물었다.

"……"

답은 없었다. 다만 형형하게 빛나는 눈빛만 존재했다. 그 모습에 아론은 길버트를 바라보며 고개를 살짝 끄덕였다. 준비되었다는 신호이다. 그에 길버트 역시 고개를 끄덕이며 앞으로 나섰다.

"특무 2전대, 준비되었는가?"

"……"

"준비되었으면 출발한다."

특무 2전대부터 출발했다. 그들이 어둠 속으로 완전히 사라질 때까지 지켜보고 있던 아론이 나직하게 입을 열었다.

"가자."

익스퍼트에 올랐으니 이런 훈련 과정은 필요 없지 않느냐고 생각할지도 모른다. 하지만 그것은 그렇지 않았다. 아무리 야수감각도가 사장된 최고의 마나 호흡법이라고는 하지만 자신의 것으로 만들지 않으면 자신의 것이 아니었다.

야수는 길들여지지 않는 것이 정설이다. 그리고 야수는 커지면 커질수록 그 야수성을 폭발시킨다. 더욱더 강력해져서 자신의 주인을 잡아먹으려 한다. 상급에 이르러서야 안전이 조금 확보되는 이유는 그런 야수성에 내성이 생기고 이겨낼 수 있기 때문이다.

지금은 오히려 더 위험한 상태라 할 수 있었다. 가둬두기보다는 풀어주고 달래야 할 때였다. 더욱더 강력한 상대를 맞이해 더 강력하게 다독여야 할 때였다. 죽을 정도의 고통과 혹독한 훈련으로서 말이다.

"정지."

델포르 산의 서쪽으로 진행하던 아론은 1전대를 멈춰 세웠다.

"대기."

그의 나직한 말에 철저하게 따르는 1전대.

"준비."

그의 명령에 삼각형 모양으로 진형을 갖추는 1전대. 진형을 완전히 갖춘 것을 확인한 아론이 그 자리에서 사라졌다. 그에 1전대의 전대원이 눈을 크게 뜨며 놀란 얼굴이 되었다. 마법사가 아닌 이상 자신들의 눈앞에서 사라질 수는 없기 때문이다.

하지만 그들의 놀람은 계속될 수 없었다. 멀지 않은 곳에서 몬스터들의 광폭한 울음과 함께 날카로운 기세가 그들의 피부를 따끔거리게 하고 있었다. 그에 그들은 의문을 지우고 긴장된 얼굴로 전방을 지켜보았다.

그리고 얼마 안 있어 몬스터의 무리가 미친 듯이 달려오고 있다. 그 앞에는 아론이 몬스터들의 속도에 맞춰서 걸음을 옮기고 있었다. 마치 몬스터들을 유인하듯이 말이다. 몬스터의 무기가 닿을 듯 말 듯한 거리.

그럼에도 아론의 표정은 여유롭기 그지없었다.

'강심장이네.'

'역시 내 주군이 될 만한 이다.'

앞의 생각은 1전대원의 생각이고, 뒤의 생각은 1전대장으로 있는 레이 프리스트의 생각이었다. 레이 프리스트로서는 아론의 경지가 대체 어느 정도인지 알 수 없었다. 그냥 막연히 마스터는 되지 않을까 하고 생각하는 정도였다.

마스터라면 저 많은 몬스터를 뒤에 달고 저리 여유 있게 움직일 수 없지 않을까 하는 생각이 들었다. 그러다 슬쩍 아론을 따르는 여섯 명의 용병을 바라봤다. 그들의 표정은 심드렁했다. 저 정도의 몬스터를 달고 다니는 아론의 모습이 결코 낯설지 않다는 듯한 표정이다.

그에 레이 프리스트는 무언가 알겠다는 듯이 고개를 끄덕였다. 분명 고블린에 놀, 오크까지 굉장히 많은 수의 몬스터임에 분명함에도 여섯 용병은 편안하기 그지없었다.

'그것은 이런 경우를 많이 당해봤거나, 아니라면 부대주에 대한 절대적인 믿음 때문이겠지.'

"크와아악!"

"취이익! 죽.인.다."

"컹! 커엉!"

레이 프리스트는 정신을 차리고 정면을 바라봤다. 그리고 흰 이를 드러내 웃으며 튼튼한 두 다리에 힘을 가해 대지를 박차고 앞으로 튕겨 나갔다. 그를 따르는 몇 명의 전대원이 있었고, 가장 후미에 있는 전대원들이 넓게 퍼졌다.

겉모습은 삼각형의 쐐기 대형이었지만 곧바로 응용해 쐐기 대형을 벌려 달려들어 오는 몬스터를 에워싸고 있었다. 다만 몬스터가 달려오는 방향만 열어두고 삼면을 에워싼 모습이다. 그 모습에 아론은 고개를 끄덕였다.

"전대장이 꽤 머리를 씁니다."

얀센이 감탄한 듯 말했다. 확실히 레이 프리스트는 전술적인 면도 상당한 수준임을 알 수 있었다. 아론은 그저 가장 적합한 대형을 만들라는 명을 내렸을 뿐이다. 그에 레이 프리스트는 가장 적합한 대형을 만들어냈고, 더 나아가 진형을 변형시키고 있었다.

"저 정도는 안 도와줘도 되겠수."

확실히 그랬다.

특히 가장 선두에선 레이 프리스트의 경우 짧은 배틀 해머 두 자루를 자유자재로 휘두르며 놀이 되었든 고블린이 되었든, 혹은 오크가 되었든 간에 뼈를 부수고 머리를 터뜨리고 있었다. 그 모습이 얼마나 처절하고 잔악한지 호전적이기로 유명한 오크마저도 그의 곁에 다가가기를 꺼릴 정도였다.

"취이익! 인.간!"

"죽어, 이 돼지 새끼야!"

레이의 입에서 나온 말은 행동만큼이나 거칠었다. 레이뿐만 아니었다. 이제야 마나를 깨달아 익스퍼트에 오르긴 했어도 나머지 전대원들 역시 그에 못지않았다. 그들의 혈관은 뜨겁게 달아오르고 있었다.

광폭한 야수가 혈관 속에서 날뛰고 있었고, 더 많은 피를 원했다. 비릿하고 악취까지 나는 몬스터의 피가 향긋하게 느껴질 정도였다. 그 와중에 누군가 눈이 벌게지기 시작했다. 그때 아론이 발치에 있는 돌을 툭 차올렸다.

따악!

"큭!"

아주 경쾌한 소리가 흘러나왔고, 눈이 벌게지던 전대원이 짧은 비명을 터뜨렸다. 그러다 잠시 멍한 상태가 되었다. 하지만 그 시간은 극히 짧았다. 전대원은 자신이 야수감각도의 격렬함에 잡아먹힐 뻔했다는 것을 깨달았다.

그에 눈에 일렁거리던 붉은 기운은 씻은 듯이 사라졌고, 냉철하기 그지없는 눈동자가 그 자리를 대신했다. 그는 자신의 무기를 꾸욱 눌러 잡고 다시 몬스터와 싸움을 계속했다. 그 이후 그의 눈동자에서는 전혀 붉은 기운을 찾아볼 수 없었다.

따악!

"큽!"

딱!

"윽!"

그 이후에도 몇 번의 경쾌한 소리와 몇 번의 짧은 비명이 터져 나왔다. 절묘하게 경계를 넘어서려는 그들을 제어하는 아론의 솜씨였다.

"거 참, 큰형님 발길질은 신의 경지로구만."

"이제 안 거유?"

여섯 명의 용병은 도와줄 생각은 안 하고 그저 감탄만 하고 있었다. 그러는 동안 수백의 몬스터는 차곡차곡 정리되었고, 마지막 오크의 머리를 짧은 배틀 해머로 후려친 레이를 마지막으로 모든 몬스터가 전멸했다.

"수거해."

"알겠수."

용병들과 전대원들이 나섰다. 그동안 아론은 허공에 손을 휘저었다. 사방으로 풀려 나가던 몬스터의 피 냄새가 순식간에 사라졌다. 만약 그가 냄새를 지우지 않았다면 벌써 상당한 수의 몬스터가 몰려들었으리라.

"완료되었습니다."

몬스터의 가죽과 힘줄, 그리고 뼈까지 차곡차곡 정리되어 쌓여 있다. 아론은 서슴없이 그 모든 것을 아공간에 집어넣었다. 공간을 연 것이 아니라 작은 배낭과 같은 것이었는데 사실 이것은 전대원들을 속이기 위한 것이었다.

고위급 마법사나 가지는 아공간이다. 그런데 검을 다루는 기사가 아공간을 다룰 수 있다면 전대원들이 혼란에 휩싸일 것이기 때문이다. 그냥 상당한 양을 담을 수 있는 마법 배낭 정도로 생각해 주기를 원한 것이다.

"오크까지는 어렵지 않군."

아론의 말에 전대원들이 고개를 끄덕였다. 몇 명의 기사가 야수감각도에 의해 파탄의 길로 접어들 뻔했지만 아론이 절묘하게 개입함으로써 결국 온전하게 사냥을 끝낼 수 있었다.

"계속 진행한다."

그들이 수백의 몬스터와 드잡이를 한 지 겨우 몇 시간. 그들은 아직도 힘이 남아 있었다. 그리고 피가 뜨겁게 달궈진 그들은 더욱더 많은 몬스터를 원했고, 더욱더 강력한 몬스터를 원했다.

"크롸라락!"

트롤이 털이 숭숭 난 긴 팔에 쥔 몽둥이를 휘둘렀다.

빠가가각!

"흐허업!"

그에 한 명의 방패를 든 전대원이 훌훌 날려가 나무둥치에 부딪혔다. 하지만 입술을 깨물며 다시 일어났다.

"우와아악!"

그리고 다시 트롤을 향해 돌진해 나갔다. 그가 막지 않으면 동료들이 죽는다. 그만큼 절박했고, 그의 핏줄 속으로 휘돌아 드는 야수감각도는 더욱더 강력한 힘을 원했다. 그는 대지를 박차고 앞으로 나갔고, 그와 함께 아홉 명의 조원 역시 움직였다.

서걱!

한 명의 전대원이 트롤의 발목을 베었다.

스카가각!

한 명의 전대원이 트롤의 허벅지를 할퀴고 지나갔다.

퍼버버벅! 푸욱!

몇 명의 전대원이 트롤의 전신을 찌르고, 자르고, 할퀴고 지나갔다. 트롤은 분노했고, 핏줄이 터진 눈동자로 자신의 전방에서 모든 공격을 막아내고 있는 기사를 향해 몽둥이를 후려쳤다.

밀려나고 다시 돌아오고, 충격에 무릎을 꿇었다가 다시 몸을 일으켜 세웠다. 그리고 방패 뒤에 숨겨뒀던 날카롭게 벼려진 검으로 끊임없이 신경을 긁었다.

"크와아악!"

몽둥이가 마음에 들지 않았던 것인지 아니면 몽둥이가 소용없는 것을 알았는지 트롤은 가지고 있던 몽둥이를 버리고 옆에 있던 자신의 키보다 큰 나무를 통째로 뽑아 들었다.

뿌드드득!

기괴한 소리를 내며 나무가 뽑혀져 나왔다. 그 와중에도 전대원들은 끊임없이 트롤을 공략했다. 하지만 트롤의 재생력은 상상 이상이었다. 끊임없이 피부를 뚫고 잘라내도 끊임없이 재생했다.

"목을 노려!"

그때 방패를 들고 트롤의 모든 공격을 받아내던 전대원이 외쳤다. 그에 아직도 나무를 뽑고 있는 트롤의 텅 빈 등 뒤에서 수 자루의 검과 창, 그리고 도와 할버드 등이 날아들었다.

뻐억!

할버드의 도끼가 목뼈를 강타했다.

"크롸아악!"

트롤이 비명을 질렀다. 잘리지는 않았어도 충격이 있음은 분명했다. 같은 지점으로 검과 창이 찔러들었고, 도가 할퀴고 지나갔다. 수북한 털이 사라지고, 두꺼운 가죽이 잘라졌으며, 곧이어 허연 뼈가 드러났다.

그에 방패를 든 전대원이 달려가기 시작했고, 한 명의 전대원이 두 손을 깍지 끼고 그의 발을 받쳐주자 방패를 든 전대원이 허공을 날아 검으로 뼈가 훤히 드러나 보이는 트롤에게 마지막 일격을 날렸다.

마나가 주입된 검은 세상에 그 어떤 것도 베어낼 수 있었다. 아무리 재생력이 좋은 트롤이라 할지라도 뼈가 훤히 드러난 상황에서 뼈를 베지 못하고 마지막 숨골을 파괴하지 못한다면 마나를 다룬다는 말을 버려야 할 것이다.

스으~ 카악!

방패를 든 전대원의 검이 트롤의 드러난 목뼈를 길게 베고 넘어가 반대편에 착지했다. 그에 나무를 뽑다 말고 퉁방울만 한 눈을 잠시 껌뻑이던 트롤은 그대로 뒤로 넘어졌다.

쿠우우웅!

2.5미터가 넘어가는 거대한 체구가 넘어가자 땅이 진동했다.

"후우~"

방패를 든 전대원을 비롯해 함께한 조원들이 나직하게 숨을 내쉬었다. 그러고는 곧바로 다른 곳으로 시선을 돌렸다. 다른 곳도 자신들과 별반 다르지 않았다.

"도대체 부대주께서는 이 많은 트롤을 어디서 몰고 오셨대?"

"내가 알면 부대주를 하지 조원을 하고 있겠냐?"

"하긴 그러네."

그러면서 낄낄거리는 13조였다. 아론이 몰아온 트롤은 자그마치 스무 마리였다. 어쩌면 트롤 일가족을 한꺼번에 몰아온 것인지도 몰랐다. 트롤은 열네 개 조에 한 마리씩 배정되었고, 여섯 명의 조교도 두 마리를 담당했다.

나머지 트롤은 아론 혼자서 제거했다. 그것도 조원들이 제거하는 속도보다 훨씬 신속했는데 이미 가죽과 힘줄, 그리고 피까지 모두 수거한 후 여유롭게 팔짱을 낀 채 그들의 사냥하는 모습을 지켜보고 있었다.

"정말 인간 같지 않군."

누군가 고개를 절레절레 저으며 말했다. 그에 다른 전대원도 한가롭게 지켜보고 있는 아론을 잠시 바라봤다.

"인간이 아니었다면 우리를 불쌍하게 여기지도 않았을 것이고, 우리를 훈련시키지도 않았을 것이며, 우리를 형제처럼 대하지도 않았겠지."

"플람베르 가문의 사람들은?"

"인간의 탈을 쓴 권력의 개."

"그렇군."

그들의 대화는 참으로 씁쓸하다 할 수 있었다.

권력의 하수인.

권력을 위해서라면 무엇이든 하고자 하는 괴물 같은 인간의 단면이라고 할 것이다. 그들이 대화를 나누며 트롤의 부산물을 수거하자 아론이 복귀를 명령했다.

아무래도 들고 다닐 수 있는 용량이 문제가 될 것이기 때문이다. 너무 앞서가도 문제가 될 것이 분명했다. 전대원 간의 사기에도 문제가 있을 것이고 말이다. 물론 길버트가 이끄는 2전대가 밀리는 것은 아니었다.

언제나 약간 앞서거나 약간 뒤지는 수준. 동쪽보다 서쪽의 몬스터가 더 억세다고는 하지만 어차피 같은 델포르 산이었다. 몬스터가 어디 동과 서, 혹은 남과 북을 가리겠는가?

그 산의 특성에 적응하면서 살아가지 않겠는가?

"이 방법, 생각보다 훌륭하군."

"생각보다?"

"전대원들의 실력이 빠르게 늘고 있어."

"어느 정돈가?"

"2전대장은 이미 최상급에 진입했어."

"나머지는?"

"나쁘지 않아. 물론 야수감각도의 영향이 크겠지만 말이야."

그러면서도 길버트는 아쉬운 한숨을 내쉬었다. 만약 아론이 도와준다면 플람베르 가문은 단박에 에퀘스의 성역에서 일좌를 차지할 것이다.

"이번에 한해서야."

"알아."

"사장된 것은 사장된 것으로 남는 것이 좋겠지."

"그렇겠지. 네가 아니었으면 빛을 보지 못했을 마나 호흡법이니."

"그건 그렇고, 경계를 벗어난 자는?"

아론의 물음에 약간 낯빛을 어둡게 한 길버트가 입을 열었다.

"다섯."

"그나마 다행이로군. 직접 처리했나?"

"그렇지."

끄덕.

고개를 끄덕인 아론. 기실 길버트가 마스터이기는 하지만 아론처럼 하기는 힘들었다. 정확하게 마나의 흐름을 보아야 했고, 세심한 마나의 제어가 뒤따라야 한다. 아마도 이것은 그레이트 마스터라도 힘들지 모른다.

그런 와중에 겨우 다섯 명이 경계를 넘고 목숨을 잃었다면 그 나름 최선을 다한 것이라 할 수 있었다. 그러면서 길버트 역시 적지 않은 깨달음을 얻었으니 바로 마나를 다룸에 있어서 그 정교한 컨트롤이었다.

마치 마법사와 같이 마나를 다룰 수 있게 되었다. 그리고 훨씬 더 적은 마나로 극대화의 효과를 낼 수 있게 되었다. 그 것은 길버트뿐만 아니라 이번 훈련에 참여한 모든 이가 마찬 가지였다.

보통 익스퍼트의 기사라면 마나를 줄기줄기 뿜어내는 것을 자랑으로 알고 있다. 하지만 델포르 산에서 수없이 많은 전투 를 거치는 과정에서 전대원들은 그것이 얼마나 어리석은 일인 지 깨달을 수 있었다.

꼭 필요할 때 필요한 만큼만 사용하면 되었다. 마나가 만능 의 전유물은 아니었다. 전투라는 것은 언제 끝날지 모른다. 그 런데 어디까지 힘을 아끼고 어디까지 마나를 쓸 것인가를 대 체 어떻게 판단한단 말인가?

그러면서 그들은 또 하나의 성과를 이뤘는데 전투를 하는 와중에도 마나를 회복하는 수법이었다.

그것은 바로 야수감각도의 감춰진 효능 중 하나였다.

끝없는 투쟁을 원하는 야수감각도의 특성상 본능적으로 주 변의 마나를 빨아들여 비워진 마나 홀을 채우는 것이었다. 절 묘하고 세심하게 마나를 컨트롤하고, 끊임없이 이어지는 마나 는 그들을 지치지 않게 하였고, 투쟁을 지속시킬 수 있었다.

때문에 그들은 빠르게 강해지고 있었다. 탈진할 때까지 싸 우고 다시 채우기를 반복했다. 그 결과 1, 2전대장은 각기 최 상급에 올랐고, 상급이던 자들 또한 최상급이 되었다. 하급이던 자들은 중급에 접어들었다.

겨우 다섯 달만의 성과라고 하기에는 믿을 수 없는 일이라 할 수 있었다. 아마도 플람베르 가문에서도 전무후무한 일이 될 것이고, 에퀘스의 성역을 통틀어 최초의 일일지도 모른다.

어쨌든 야수감각도의 결과물을 본 길버트는 욕심을 내지 않을 수 없었다.

하지만 아론은 단호하게 잘랐다. 그리고 길버트는 그것을 순순히 받아들였다. 야수감각도를 이렇게 단시간에 최고의 결과를 내기 위해서는 반드시 아론과 같은 절대의 수준에 이른 자가 필요했기 때문이다.

그리고.

'그를 너무 의지해서는 안 된다. 그는 나의 친구이지 수하가 아니기 때문이다. 호의는 호의로 받아들여야 한다.'

그는 알고 있었다. 자신이 욕심을 부리는 그 순간 아론은 자신을 벗어날 것임을 말이다. 그를 막을 방도는 없었다. 어쩌면 자신의 아버지인 가주보다 더 높은 경지일지 모를 그를 어찌 막을쏜가?

그리고 그는 아직 기억하고 있었다. 친구, 그 한 단어의 무게를 말이다.

"조만간 연락이 올 것이네."

"그럼 더 속도를 올려야겠군."

"속도를 올린다면?"

"와이번까지 사냥해야지."

"가능하겠나?"

"지금까지 불가능한 것이 있었던가?"

"없었지."

"그럼 가능하다."

"그렇지. 잠시 잊고 있었군. 불가능은 스스로가 만드는 것이라는 걸."

그에 슬쩍 입꼬리를 말아 올리는 아론이었다.

길버트는 처음 자신과 대면했을 때보다 많이 성장했고, 많이 변해 있었다.

'확실히 나쁘지 않아.'

아론은 길버트를 도와주고 자신이 최종적으로 생각하고 있는 용병들의 대지를 만들 생각이다. 에퀘스의 성역이나 바벨의 탑처럼 말이다. 길버트도 그렇지만 자신도 아무런 세력이 없었다.

길버트를 도와주는 이유가 바로 이것이다. 길버트의 세력을 발판으로 해서 그 첫걸음을 내디딜 생각으로 말이다. 그리고 그 계획은 이미 길버트 역시 알고 있었다. 서로에게 도움을 주는 계획이니 반대할 이유가 없었다.

"그럼 시작하자고."

길버트가 나서며 입을 열었다.

시간이 촉박하기에 최대한 빠르게 이들의 실력을 올려야만
했다. 지금도 말도 안 되게 빠른 속도이기는 했지만 생각만
할 때와 직접 눈으로 볼 때는 천양지차였다.

"꾸어어엉!"

거대한 포효가 델포르 산에 울려 퍼졌다. 몇 마리의 오거
와 몇 마리의 미노타우르스와 접전을 벌이고 있는 특무대의
전투는 처절했다.

나가떨어지고, 머리가 깨지고, 방어구가 움푹 들어갔다.

그러함에도 그들은 지치지 않고 오거와 미노타우르스를 공
략해 가고 있었다. 아론은 멀찍이 떨어져 그 전투에 관여하지
않았고, 가끔 손을 휘둘러 적절하게 오거와 미노타우르스를
견제할 뿐이었다.

얀센과 제라르는 각자 한 마리씩의 오거를 담당하고 있었
다.

얀센도 인간으로서는 정말 하프 오거, 혹은 블러드 골렘이
라고 불릴 정도로 큰 체구를 지니고 있었지만 오거에 비하면
손색이 있었다.

그러함에도 불구하고 얀센은 오거를 몰아붙이고 있었다.
오히려 성체 오거가 얀센의 공격에 쩔쩔매는 것 같았다. 특히
나 얀센은 이번 델포르 산에서의 훈련 덕분에 빠르게 최상급

의 벽을 허물어 마스터에 올랐고, 동시에 대지 속성을 더욱더 개발하게 되었다.

대지에 두 발을 딛고 있는 이상 그를 어찌할 수 있는 존재는 극히 드물다는 말이다. 그리고 지금의 전투에서 그는 유감없이 자신이 실력을 발휘했다.

서걱!

"꾸어어엉!"

성체 오거의 팔이 잘려 나갔다. 그 극한의 고통에 성체 오거는 산천초목이 울릴 정도의 비명을 질러댔다. 그때부터 얀센의 파상공세가 시작되었다. 성체 오거는 제대로 된 대처도 하지 못한 채 선혈이 낭자한 상태로 목이 잘려 나갔다.

그것은 제라르 역시 마찬가지였다. 그의 양손에 쥐어진 두 자루의 대검은 현란하기 그지없었다. 바람 속성을 깨달은 그의 움직임을 잡아낼 수 있는 몬스터는 드물었다. 한 번 움직일 때마다 바람이 일었고, 1, 20미터는 가볍게 뛰어넘었다.

스카가각!

한 번에 대여섯 번의 잘라지는 소리가 들려왔다.

"끄워엉!"

제라르가 상대하는 오거 역시 비명을 지르기 바빴다. 지상의 제왕이라는 호칭이 무색할 정도였다. 하기는 아무리 지상의 제왕이라 해도 언제 마스터를 상대해 본 적이 있겠는가?

익스퍼트 최상급과 마스터는 종이 한 장 차이다.

하지만 그 종이 한 장 차이가 나타내는 무력의 지표는 하늘과 땅 차이이다.

오거는 몽둥이로 눈앞의 거슬리는 인간을 후려쳤다. 분명 맞았다. 하지만 제라르의 신형은 흐려지고 있었다.

어찌나 빠른지 오거가 후려친 것은 제라르의 잔상이었던 것이다. 그때 제라르의 신형이 오거의 등 뒤에 나타났고, 제라르는 희게 웃으며 양손에 쥔 대검을 X 자로 교차하여 오거의 목에 대었다.

"내게 이런 날도 있군."

그러면서 두 팔을 움직였다.

촤아아악!

오거의 머리가 떠오르고 핏물이 솟구쳤다. 제라르는 그 즉시 공중제비를 돌아 대지에 착지하며 무릎을 꿇은 채 뒤로 서서히 넘어가는 오거를 바라봤다.

"폼은 그만 잡고 다른 곳을 도와라."

그때 그의 귓가로 들려오는 아론의 말에 제라르는 입술을 삐죽거리며 투덜거렸다.

"하여간 분위기 좀 잡고 있었더만."

하지만 그의 신형은 어느새 한창 몰리고 있는 특무대원들이 있는 곳으로 향하고 있었다. 그 모습을 본 길버트가 조금은 어이없다는 듯이 말했다.

"벌써 벽을 허물었다고? 그것도 둘이나?"

자신은 평생을 바쳐서 이뤄낸 결과를 얀센과 제라르는 너무나도 쉽게 넘어버린 것이다. 그에 길버트는 조금을 불공평하다는 생각이 들었다. 그러다 슬쩍 아론을 바라보고는 인정해야만 했다.

'괴물 옆에는 괴물이 있을 수밖에 없군.'

그냥 인정하면 빨랐다. 자신도 아론을 만난 후에 마스터에 접어들지 않았는가?

생각을 마친 길버트는 전투가 벌어지고 있는 곳으로 시선을 두었다. 이제 얼추 전투는 끝나가고 있었다. 겨우 여섯 마리였지만 그 여섯 마리를 두고 특무대원들이 기를 쓰고 있었다. 여기저기 날려가 처박힌 자들도 있었다.

하지만 그들은 다시 몸을 일으켜 끊임없이 부딪쳐 갔다. 마치 몰아치는 파도 같았다. 처음에 기세등등하던 오거들은 슬슬 지치기 시작했고, 특무대원들 역시 지치기는 했지만 끊임없이 회복되는 마나 덕분에 끈질기게 몰아붙였다.

그리고 마침내.

꾸어어엉!

몇 자루의 검이나 창 등의 무기가 오거의 심장과 머리, 혹은 복부를 할퀴고 지나감과 동시에 거대한 동체가 뒤로 넘어갔다. 한 마리, 두 마리, 결국 다섯 마리 모두 죽고 전투는 끝을 맞이했다.

"후어억! 후욱!"

"더, 더럽게 힘드네."

"넌 말할 기운이라도 있잖냐."

"그러는 너는?"

털썩!

대답 대신 주저앉는 동료를 보고 그 또한 허물어지듯 주저앉더니 크게 활개를 펴고 아예 드러누워 버렸다. 그것을 보고 동료가 같이 드러눕자 그들은 키득거리면서 웃었다.

자신들이 오거를 잡을 수 있을 거라곤 상상도 못 했다. 불과 3개월 전만 해도 그저 근근이 하루하루를 의미 없이 보내던 자신들이 델포르 산에서 트롤을 때려잡고 오거를 해체하고 있으니 당연히 실감이 나지 않았다.

"오늘은 이곳에서 야영한다!"

아론이 외쳤다. 누구 하나 그의 말을 따르지 않은 사람은 없었다. 왜 이런 진창에서 야영을 해야 하는지, 이런 곳에서 야영을 하면 위험하다느니 하는 말조차 하지 않았다. 그것은 오만이 아니라 자신감이었다.

이제는 누가 온다 할지라도 이겨낼 자신이 있다는 말이다. 야영 준비를 다 마친 그들은 이번 오거 떼와의 전투에서 죽은 전우의 시신을 수습했다. 지금까지 총 17명의 동료가 죽었다. 실수를 했든 어쨌든 죽은 것은 죽은 것이다.

257명의 특무대원들이 한곳으로 모여 이번 전투에서 죽은 동료의 시신을 불태웠다. 두 달간의 델포르 산 훈련에서 겨우 17명이 죽었다면 정말 거의 사망자가 없는 것과 다르지 않았다.

그것도 코볼트나 고블린을 상대로 한 것이 아닌 트롤과 오거, 혹은 미노타우르스 등 델포르 산을 대표하는 몬스터들이었다. 살아남은 그들은 어느새 정예 중의 정예로 거듭나고 있었다. 모두가 묵념을 올리고 휴식을 취했다.

그 와중에 길버트가 아론을 찾아왔다. 아론을 찾은 길버트의 얼굴은 그리 좋아 보이지 않았다.

"복귀 명령인가?"

"그렇다네."

"아쉽군."

아론은 어둠 속의 저편을 흘깃 바라본 후 말했다.

"그리고 준비하라고 한 것은 어떻게 되었나?"

"돈이 좀 나가기는 했지만 충분히 준비되었네."

"그럼 오늘은 휴식을 취하고 서서히 델포르 산을 벗어나도록 하지."

"그것은 언제?"

"델포르 산을 벗어나는 순간 착용해야겠지."

"가문에 입성하기 전에 착용하는 것이 아니고?"

"그들이 방심하고 있다고 생각하나?"

"흐음."

아론의 물음에 팔짱을 낀 채 생각에 잠기는 길버트. 이전보다 명석해진 그의 머리는 아론의 물음이 무엇을 의미하는지 파악할 수 있었다.

"그렇지는 않을 것 같군. 오히려 더 경계하려 들겠군."

"그렇지. 델포르 산으로 270명이 넘는 인원이 출발했네. 그런데 죽은 사람이 겨우 17명밖에 되지 않는다면 더욱 경각심을 가지고 우리를 감시하겠지."

"그래서 하이드 마나 스크롤을 구한 것인가?"

"그래. 자네나 나 정도라면 충분히 마나를 감추고 경지를 숨길 수 있겠지만 저들은 아니지 않은가?"

"그건 그렇군."

아론의 철저함에 길버트의 곁에 서 있던 더글러스는 헛바람을 삼켰다. 그리고 아주 짧은 순간 과연 자신이 길버트의 옆에서 할 수 있는 것이 있을까 하는 생각이 들었다. 그런 그를 보며 아론이 입을 열었다.

"나는 떠날 사람이다. 내가 떠나고 그를 보좌할 수 있는 사람이 과연 몇이나 될까?"

"아! 죄… 송합니다."

"아니, 그대의 장기는 머리를 쓰고 계략을 짜내는 것이지. 그런데 그런 그대의 장기를 발휘할 수 없음에 당연한 생각일 것이다."

"이해해 주셔서 고맙습니다."

"안주하지 마라. 안주하는 순간 너의 주군인 길버트는 표적이 될 것이고, 세상에서 흔적도 없이 사라질 수 있으니."

"명심 또 명심하겠습니다."

그러면서 물러나 조용히 사색에 잠기는 더글러스. 그런 더글러스를 보며 길버트가 입을 열었다.

"더글러스가 그런 생각을 하고 있었다니 의외다."

"네 잘못이다."

"왜?"

"너의 수하이지 않은가? 네가 그를 파악하지 못하면 대체 누가 그를 파악하고 그의 마음을 알아줄까? 너를 위해 모든 것을 바친 사람이고 바칠 사람이다. 너의 사람이라면 네 목숨처럼 다뤄야 할 거다."

"그래, 그렇군. 난 항상 자네에게 배우는군."

그랬다. 실제 아론보다 길버트의 나이가 더 많았다. 거의 열 살 이상 차이가 난다. 그런데 길버트는 지금까지 언제나 아론에게 배우고 있었다.

'이 친구, 대체 어떤 삶을 살아왔단 말인가?'

도대체 짐작조차 할 수 없었다. 어떤 삶을 살아왔기에 저런 세심한 부문까지 신경 쓰고 활용할 줄 안단 말인가?

벗겨도 벗겨도 좀처럼 그의 진면목을 보기가 쉽지 않았다. 그렇다고 해서 그가 자신을 속이거나 진실함이 없이 대하는 것도 아니었다.

그는 친구로서 진실함을 담아 자신을 대하고 있었다. 그래서 그의 조언을 반발 없이 기꺼이 받아들였고, 특무대의 훈련을 맡겼고, 부대주의 지위를 주었던 것이다.

"그것이 어떻단 말인가? 친구이기에 배우는 것이고, 친구이기에 존중하는 것이고, 친구이기에 진실함을 담는 것이다."

"그런가? 그렇군. 너와 난 친구군."

새삼 깨닫는다. 그가 자신의 친구라는 것을 말이다.

'나는 이 세상에서 가장 불운한 사람이 아니라 가장 행운아였던 것이로군.'

그랬다.

과연 누가 있어 이만한 사람을 친구로 삼을 텐가?

자신은 행운아였다. 그런 생각을 하는 길버트의 옆을 지나며 아론은 그의 어깨에 손을 얹고 말했다.

"너 역시 나에게 있어서는 행운아다. 너 정도 위치에 있는 사람이 나와 같은 평민을, 그것도 출신이나 나이, 혹은 이름조차 홀로 지어야 했던 나를 믿어주고 친구로 받아들였으니 말이다."

"그렇군. 우리는 서로 행운아로군."

평상시에 들었으면 참으로 간지러울 대화를 서슴없이 하는 두 사람이었다.

CHAPTER 6

화룡각주

"하이드 마나 스크롤을 사용해."

"꼭 해야 하우?"

아론의 물음에 제라르가 퉁명스럽게 답했다.

"하지 않아도 상관없지만 이후 귀찮은 일은 네가 감당해야
한다."

"감당하겠수."

아론을 따르는 용병들은 전부 하이드 마나 스크롤을 사용
하지 않았다. 하지만 나머지 특무대 전대원들은 단 한 명도
빠짐없이 하이드 마나 스크롤을 사용해야만 했다.

아론을 따르는 용병들이야 용병이니 그리 큰 문제가 되지 않으나 특무대원들은 달랐다.

버려졌다고는 하지만 그들은 온전하게 플람베르 가문의 사람들이었으니 그들이 가문에 입성하게 되면 분명 의혹을 살 것이기 때문이다.

마나를 숨긴다고 해서 마나가 줄어들고 실력이 사라지는 것은 아니었다. 그저 외부의 시선을 차단해 줄 뿐이다.

물론 마스터의 반열에 오른 기사라면 단박에 알아볼 것이겠지만 아무리 플람베르 가문의 사람이라 할지라도 마스터에 오른 사람이 발길에 채이지 않음이니 특무대원들이 마나를 숨기고 있음을 알 수 있는 자는 극히 드물다 할 수 있었다.

그렇게 함으로써 특무대원들은 온전하게 길버트의 세력이 된 것이다. 그리고 그들 역시 길버트를 버릴 생각이 없었다.

특무대원들은 대외적으로 플람베르 가문에 적응하지 못한 낙오자들의 집단이었다.

그런 자신들을 받아주고, 단련시키며, 기가 막힌 마나 호흡법을 전수해 준 이가 바로 길버트였으니 말이다. 물론 그 모든 것을 행한 자는 아론이었지만 어쨌든 그는 용병이고, 외인이었으며, 부대주였고, 대주의 친구일 뿐이었다.

그리고 길버트는 특무대의 대주였고, 플람베르 가문의 대외적인 후계자였으니 특무대원들이 길버트를 따르는 것은 당연한 일이었다. 하지만 그렇다고 해서 그들이 아론을 믿지 못하는 것은 아니었다.

아론은 그들을 이 정도의 수준까지 끌어올린 실제적인 사람이었으니까. 처음 그가 용병이라는 것, 혹은 대주의 친구라는 것에 강하게 반발하던 이들도 이제는 완벽하게 그를 인정하고 있었다. 그뿐만 아니라 그를 따르는 여섯 명의 용병 역시 마찬가지였다.

'그만한 실력이 있으니까.'

'그들이 없었으면 우리는 이 정도의 실력을 가질 수 없었으니까.'

그랬다.

그들은 기사였지만 기사로서 자존심만 강한 것이 아니었다.

한 번 인정한 이후에는 그들에 대한 신뢰로 발전했고, 그들을 자신들의 교관으로 인정했고, 길버트를 따르는 네 명의 기사와 동급으로 인정했다.

'아니, 오히려 경험적인 면에서는 그들을 앞서고 있을지도 모르지.'

'실전적인 면에서는 길버트 대공자를 따르는 네 명의 기사보다 그들이 우선한다.'

특무대원들은 말없이 하이드 마나 스크롤을 찢어 자신의

마나를 숨기면서 지난 6개월을 떠올리곤 나름대로 결론짓고 있었다.

'너희들은 모를 것이다. 이 모든 것이 아론 부대주님의 작품 이라는 것을.'

그중 레이 프리스트의 생각은 달랐다. 그는 단번에 이 모든 상황의 중심에 아론이 있음을 알고 있었다. 키가 작고 기사라 고 해서 눈치도 없고 뇌가 근육으로 이뤄진 것은 아니었다.

레이 프리스트는 뛰어난 상황 판단력과 오로지 무(武)만을 추구하는 여타 기사들과는 달리 책을 가까이하는 기사였다.

델포르 산을 274명의 특무대원이 들어갔다. 하지만 나올 때는 최종적으로 208명으로 줄어들어 있었다. 각 단계를 뛰 어넘다 죽은 이들과 사냥이나 훈련 중에 죽은 이들이 66명이 나 되었다.

그리고 그들이 델포르 산을 벗어날 때 그들의 등 뒤에는 식 량 대신에 몬스터의 가죽과 각종 부산물이 잔뜩 메어져 있었 다. 그들은 그것을 등에 지고 플람베르 가문까지 뛰어갔다. 구령도 없었다.

델포르 산으로 향할 때는 지쳐서 거품을 무는 이들이 태반 이었으나 델포르 산을 나올 때 그들은 마치 아침에 가벼운 운 동을 하듯이 땀조차 많이 흘리지 않고 차분하기 그지없었다. 그들이 마나를 숨겼다고는 하나 208명이 내뿜는 기세는 사람들의 기를 죽이기에 충분했다.

"어~ 저거 한 여섯 달 전인가? 그때 헥헥거리며 뛰어가던 기사들 아녀?"

"그, 그런디? 근디 대체 무슨 일이 일어난 거랴? 접때하고는 완전 딴판이구만."

"그러게? 저 눈을 보게. 시퍼런 게 오거도 잡아 묵것구만."

"뭐, 그래도 보기는 좋구만."

"그랴그랴. 그렇구만."

"믿음직스러워서 좋기만 하구만."

"어이고, 저 등 뒤에 멘 산더미는 몬스터 부산물 아녀?"

"워매, 나는 작은 산이 움직이는 줄 알았구만."

"어허허허, 역시 플랑베르 가문의 기사로구만."

"그려그려."

그들은 델포르 산을 벗어나 인가가 보이는 곳에서부터 시선을 끌어모으고 있었다. 그것은 그들이 플랑베르 가문에 도달하기까지 계속되었고, 심지어 플랑베르 가문의 외문을 경비하는 수문 경비들조차 그들의 기세에 밀려 주춤 물러날 정도였다.

"저, 정지!"

"누, 누구냐!"

외문을 담당하는 경비들.

그들은 플람베르 가문을 지탱하는 가병들 중 특출 나게 담력이 좋고 실력이 뛰어난 자들로 구성되어 있었다. 왜냐하면 그들은 플람베르 가문의 첫 번째 얼굴이기 때문이다. 그래서 웬만해서는 기세에 눌리는 일이 없었다.

그러함에도 불구하고 208명의 특무대원들이 내뿜는 기세는 감당하기 어려울 정도였다.

기세가 어찌나 대단한지 외문에 배치된 수문 기사들마저도 급히 풀 플레이트 메일과 무기를 착용한 채 외문으로 달려 나왔다.

"특무대 대주 길버트 플람베르다. 특무대가 5개월간의 훈련을 마치고 이 시간부로 복귀한다."

"추, 충!"

기사는 대공자 길버트의 말에 자신도 모르게 바짝 긴장해 가슴에 손을 대고 간략하게 예를 올렸다. 그때까지도 208명의 특무대는 자신들보다 더 높게 쌓아 올린 몬스터의 부산물을 등에 지고 제자리 뛰기를 하고 있었다.

"가도 되나?"

"토, 통과!"

"그럼 수고."

길버트가 걸음을 옮겼다. 그의 곁으로 나란히 아론 역시 걸음을 옮겼다. 그 뒤로 여섯 명의 용병과 네 명의 기사, 208명의 특무대원들이 뛰었다. 그러함에도 그들은 길버트와 아론의 걸음을 쫓아가지 못하고 있었다.

그런 모습을 보며 기사들과 경비병들은 입을 떡 벌린 채 멍하니 서 있었다.

"저, 저게 특무대라고?"

"그 개망나니들이 저들이라고?"

"대체 어떤 훈련을 했기에……."

"그건 그렇고… 저들 등 뒤에 메고 있는 게……."

"몬스터의 부산물이로군."

"어찌 기사들이……."

"모르고 있었나? 대공자께서 편의를 위해 제공한 하인들을 모두 돌려보낸 것을."

그들은 멍하게 그런 이야기를 평화스럽게 주고받았다.

"그런데……."

"왜?"

"보고 안 하나?"

"아! 보, 보고!"

그제야 화들짝 정신을 차린 기사가 외쳤다. 그러고는 부리나케 외문 경비소로 달려들어 가고 있었다. 그런 기사의 모습에 가볍게 혀를 찬 기사들은 여전히 멍한 눈으로 먼지를 일으키며 내문으로 향하고 있는 특무대를 바라보고 있을 뿐이었다.

그들은 무언가 머리에서 마구 헝클어지듯 이리저리 달려 나가는 생각을 하고 있었다. 하지만 그것이 뭔지 정리가 되지 않았다. 그중 몇몇의 기사는 앞으로 닥칠 바람에 대해 생각하고 있었다.

'바람이 불겠어. 아주 큰 바람이.'

'문제아들의 집합소인 특무대가 완벽하게 달라졌다.'

'그것도 대공자의 손에서 조련된 이후에 말이다. 이러고 있을 때가 아니군.'

이것은 바람을 예상하는 몇몇 기사의 생각이 아니었다. 특무대의 복귀를 알고 있는 이공자와 삼공자가 은밀하고 보낸 세작들의 생각이었다. 그들은 아직도 멍하니 있는 기사들과 병사들과 달리 정신을 차리고 빠르게 각기 원하는 쪽으로 걸음을 옮겼다.

*   *   *

"돌아왔느냐."

"그렇습니다."

"얼굴이… 좋아 보이는구나."

"가주께서는……."

"되었다. 어디 하루 이틀 누워 있는 것도 아니고. 얼굴을 보았으니 나가보거라. 나가는 길에 화룡각에 들러 각주를 만나 보거라."

"알겠습니다. 그럼."

플람베르 가문의 가주와 대공자 길버트의 대화였다. 그들의 대화는 극히 짧았다. 마치 남을 대하듯이 말이다.

길버트는 곧바로 가주 직속 3대 전투부대 중 하나인 화룡각으로 향했다. 화룡각주는 루드비히 베크로 할버드를 주로 사용하며, 고리눈에 철사 수염을 가지고 있어 모습 그대로 성정이 불같았다.

"와하하하! 대공자께서 이 누추한 곳까지 웬일이십니까?"

"대공자는 무슨, 그냥 예전에 부르던 대로 부르세요, 루비 아저씨."

길버트는 손을 저으며 부담스럽다는 듯이 입을 열었다. 그에 화룡각주 루드비히 베크는 말없이 길버트를 바라봤다. 마치 무언가 그 속을 꿰뚫어 보겠다는 듯이 말이다.

"왜요? 제 얼굴에 뭐가 묻었나요?"

"묻지는 않았는데… 나이가 들었어도 변한 건 하나도 없구나."

"뭐, 본래 성격이 어딜 가나요?"

"하긴 그렇지. 나도 이 지랄 같은 성격을 버리지 못해 치른 곤욕이 한두 번이 아니니까. 그건 그렇고……."

말끝을 흐린 그는 길버트와 함께 들어온 아론을 바라보았다.

"아! 소개가 늦었군요. 제 친우이자 특무대의 부대주인 아론입니다."

"음?"

성이 없다. 그렇다는 것은 평민이라는 말이고, 칼 좀 쓸 줄 아는 것 같아 보이니 용병임에 틀림없었다. 그런데 그런 자를 스스럼없이 친우라 칭하고 있다. 화룡각주는 날카로운 눈으로 아론을 쏘아보았다.

"아론이오."

"이오?"

어처구니없다는 말이 튀어나왔다. 하지만 베크 화룡각주는 감히 아론을 경시하지는 못했다.

그의 성정이 급하기는 하나 그렇다고 눈앞에 있는 인재, 혹은 강자를 못 알아볼 정도의 기사는 절대 아니었다.

드드드득!

갑자기 그와 아론 사이에 있던 탁자가 가볍게 진동했다.

그러다.

푸스스스!

가벼운 소리가 들려오며 탁자의 한쪽 모서리가 먼지가 되어 허공에 흩날렸다. 그런 둘의 기세를 보며 길버트는 어쩔 수 없다는 듯이 가볍게 한숨을 토해내며 입을 열었다.

"아저씨, 그냥 실력 한번 보자고 해요. 애도 아니고."

"으음! 으허허허, 그거 좋은 방법이로구나. 어떤가?"

길버트의 말에 잠시 머리를 긁적이더니 아론을 바라보며 입을 여는 베크 화룡각주였다.

"대련 말이오?"

"음? 아! 그렇지. 역시 뭔가를 아는군. 기사는 훈련 역시 실전과 같이 해야 하지."

그는 단번에 아론의 의도를 파악했다. 그리고 문밖을 향해 외쳤다.

"연무장에 애들 좀 모아봐라!"

"충!"

집무실 밖에서 나직하지만 확고한 목소리가 들려왔다.

"뭐 대낮에 술을 마시기도 그렇고, 밍밍한 차를 마시는 것도 그렇고……."

"언제는 아저씨가 술을 안 마셨어요?"

"이놈아, 그래도 요즘은 잘 참고 있다. 어찌나 형님이 잔소리를 하는지……."

겸연쩍은 듯이 불만스럽게 입을 여는 베크 화룡각주를 보며 희미하게 미소를 떠올리는 길버트였다.

"그건 그렇고, 이번에 특무대를 단단히 훈련시켰다면서?"

"벌써 소문이 돌았나요?"

"의뭉스러운 놈. 일부러 동네방네 다 떠들고 다녔으면서 모르는 척은……."

"전 말한 게 없는데요?"

그런 길버트의 반응에 베크 화룡각주의 사방으로 뻗친 수염이 기묘하게 움직였다. 아마도 웃고 있는 것이리라.

"이놈 이거 능구렁이 다 돼서 돌아왔구만. 나쁘지 않아. 나쁘지……."

"각주님, 준비되었습니다."

그때 집무실의 밖에서 보고가 들어왔다.

"다 됐다는군. 가지."

"알았소."

화룡각주가 먼저 일어나 집무실을 벗어났다. 그에 길버트와 아론 역시 자리에서 일어났다. 그러다 길버트가 아론의 옆구리를 툭 찌르며 물었다.

"뭘 하려고?"

"뭘 하긴, 대련이지."

"진짜 의도가 뭐냐고."

"저 사람, 나쁘지 않군."

"누구? 루비 아저씨?"

"그래."

"그야 아저씨는 가주님하고 의형제시고 천생 무인이시라……."

"말 그대로라면 그는 중립적인 위치에 있는 사람이라는 거지."

"그야 그렇지만……."

"그런 사람일수록 강력한 무력에 대한 열망이 강한 법이다. 그리고……."

"그리고?"

"적어도 너를 방해하지는 않을 것 아닌가?"

"그야… 그렇군. 확실히 네 머리는 내가 따라갈 수가 없군."

"네가 머리를 안 쓰는 것이겠지."

"내가? 정말 그렇게 생각해?"

"그럼 아닌가? 요즘 더글러스가 두통을 호소하고 있더군."

"아니, 그 이야기가 여기서 왜?"

"다 왔나 보군."

"아니……."

말싸움에서 일방적으로 당한 길버트는 멍하니 아론의 뒷모습을 바라봤다. 그러다 나직하게 한숨을 내쉬었다. 그래도 나름 플람베르 가문의 대공자이고 마스터가 되었지만 어째 아론의 앞에만 서면 작아지는 것일까?

'알다가도 모르겠다니까.'

그러면서 연무장으로 발을 들였고, 길버트는 또다시 이럴 줄 알았다는 듯이 고개를 절레절레 저었다. 일천 명의 화룡각의 기사가 모두 모여 있었다. 그는 자신도 모르게 화룡각주를 바라봤고, 화룡각주는 당연하다는 듯이 고개를 끄덕였다.

"또 다 불러온 거예요?"

"보는 것도 훈련이다."

"아저씨는… 전혀 안 변하셨네요."

"그러는 너도 전혀 안 변했다."

"많이 변하지 않았나요? 나이도 들고 덩치도 더 커지고…또……."

"너에게 난 여전히 숙부가 아니라 아저씨잖냐."

"아, 그건……."

"네놈이나 나나 변하면 죽는다."

"그건 그러네요."

결국 화룡각주에게도 1패를 당하는 길버트였다.

"어떤가? 준비는 되었나?"

화룡각주가 묻자 아론은 말없이 연무장의 중앙에 마련된 지름 20미터 정도는 될 법한 거대한 비무장 위로 걸음을 옮겼다.

"거참, 도저히 이해가 안 되는군."

"뭐가 말입니까?"

"너 같은 놈에게 어떻게 저런 친구가 생길 수 있는지 말이다."

"그거… 칭찬이죠?"

"그렇게 느껴지냐?"

"아니……."

뭔가 말을 하려던 길버트는 결국 말을 하지 못했다. 이미 화룡각주는 허공으로 몸을 띄워 비무장 위로 떨어져 내리고 있었다.

"에효~"

가볍게 한숨을 내쉬는 길버트. 그때 그의 곁으로 다가와 묵직하게 입을 여는 자가 있었다.

"각주께서 오늘과 같이 즐거워하시는 모습은 처음입니다."

그에 길버트는 슬쩍 다가온 자를 바라봤다.

"흠, 츠베코프 경도 오랜만이로군요."

"12년 만입니다."

"뭐 그렇긴 한데… 아, 이제 시작하려는 모양이군요."

"……."

길버트의 말에 둘은 말없이 비무대 위를 바라보았다.

그의 말처럼 비무대 위에는 아론과 화룡각주가 서로를 바라보고 있었다. 하지만 둘 다 상당히 편해 보이는 모습이다. 마치 비무를 위한 것이 아닌 그저 대화를 하기 위한 것처럼 보인다.

지금 화룡각주는 속으로 침음성을 흘리고 있었다.

전혀 알 수 없었다. 마치 끝을 알 수 없는 망망대해에 홀로 떠 있는 것 같은 느낌을 받고 있었다.

'가주 형님에게조차 느끼지 못한 것이거늘……'

그럴 수밖에 없는 것이 플람베르 가문은 불의 가문이었다. 그런 플람베르 가문의 가주에게도 느낄 수 없을 정도로 커다란 불 같은 기운이 아론에게서 느껴지고 있었다.

지금 아론에게서 느껴지는 기운은 끊임없이 들끓고 있는 용암의 바다를 연상케 했다. 세상의 모든 것을 녹여 버리는 그런 것 말이다.

"흐으음!"

그래서 화룡각주는 나직하게 신음성을 흘릴 수밖에 없었다.

'어찌 이럴 수가……'

외부인은 절대 깨달을 수 없는 불의 의미를 지금 일개 용병이 깨달아 몸소 행하고 있음이니 놀라지 않을 수 없었다.

하나 지금은 비무 중, 빠르게 정신을 가다듬은 화룡각주는 그의 애병(愛兵)인 할버드를 움켜쥐고 서서히 움직이기 시작했다.

지금 이 순간 화룡각주는 상대가 무엇을 들었든, 누가 자신을 바라보고 있든 아무런 상관이 없었다. 그의 눈앞에 존재하는 것은 오로지 아론밖에 없었다. 그런 그의 달라진 기세에 일천 명에 달하는 화룡각의 기사들은 긴장하지 않을 수 없었다.

지금까지 화룡각주가 전력을 다한 경우는 거의 없다시피했다. 지금 기사들은 자신들의 자존심인 화룡각주가 이번 비무에 전력을 투사하고 있음을 알 수 있었다. 그래서 긴장한 채 최상급의 기사가 보여줄 무력을 기대에 찬 눈빛으로 바라보고 있었다.

아론은 그저 멀뚱하게 서서히 움직이고 있는 화룡각주를 바라보다 양손대검을 한손에 쥐었다. 손잡이 길이는 대략 1m 정도에 검 폭은 20㎝, 무게 80㎏, 끝이 사선으로 잘려진 2m 정도 길이의 기형적인 양손대검이었다.

지금까지 단 한 번도 모습을 드러낸 적이 없는 그만의 병기였다. 그러하기에 길버트의 눈이 살짝 커졌다.

'진심으로 대할 생각이구나.'

그랬다.

자신보다 약한 자를 앞에 두고서도 절대 경시하지 않고 최선을 다하는 모습을 보여주고자 하는 것이다. 그것이 바로 아론이 지금까지 단 한 번도 꺼내지 않은 투박하고 기이한 양손대검을 꺼내 든 이유라 할 수 있었다.

뚜욱! 포옥!

화룡각주의 손에서 굵은 땀방울이 흘러내려 비무장 위에 떨어지며 미약한 먼지를 일으켰다.

"꿀걱!"

그리고 이어지는 화룡각주의 마른침을 삼키는 소리.

비무장이 어찌나 조용하던지 그 두 가지의 소리가 일천 명에 이르는 기사의 귀에 모두 선명하게 들릴 정도였다.

'어디서 저런 괴물이…….'

하지만 물러설 수 없었다.

"타하앗!"

화룡각주가 비무장을 박차며 날아올랐다. 그리고 신형을 회전시키며 할버드를 휘둘렀다.

화르르륵!

그에 화룡각주의 할버드에서 오러 이그니스의 화염이 일어나며 아론을 향해 그 시뻘건 아가리를 벌려 달려들었다. 세상을 집어삼킬 듯한 화룡의 이빨이 아론을 덮치려는 순간 아론의 투박하고 기이한 양손대검이 느릿하게 움직였다.

아니, 그렇게 보였다.

그렇게 움직였다가는 대검으로 막아내기도 전에 목이 떨어져 아론의 시체가 비무장에 나뒹굴 것이 뻔했다.

"저런……."

기사들이 눈살을 찌푸렸다. 그들의 생각에 화룡각주와 맞붙은 용병은 분명히 목을 잃고 땅에 뒹굴 것이 뻔했다. 그래서 실망스러웠다. 뭔가 있을 것 같았는데 전혀 아니었기 때문이다.

"역시 안 되는 것인가?"

그것은 화룡각의 부각주인 발레탄 츠베코프 역시 마찬가지였다. 그는 그 말을 함과 동시에 흘깃 길버트를 바라봤다. 하나 길버트의 표정은 담담하기 그지없었다. 마치 자신과는 하등의 관계가 없다는 듯하다.

그의 냉정한 표정에 약간은 실망한 츠베코프 부각주는 가볍게 속으로 혀를 차며 비무장을 바라보았다. 그리고 그의 눈은 더 이상 커질 수 없을 정도로 커졌다.

파스스슷!

세상을 다 집어삼킬 듯한 화룡의 이빨이 사라져 버렸다. 그리고 느릿하게 들어 올려졌던 아론의 투박하고 기형적인 대검의 끝이 화룡각주의 목에 대어져 있었다. 있을 수 없는 일이 일어나 버린 것이다.

"어떻게……."

츠베코프 부각주는 멍하게 그 말만 되풀이했다. 그 경악은 츠베코프 부각주만의 것이 아니었다. 일천 명의 기사들도 그러했고, 정작 당하는 당사자인 화룡각주는 심장이 튀어나올

만큼 놀랐다.

"이게……."

무심한 얼굴을 하고 있는 아론을 바라보는 화룡각주의 눈
가가 파르르 떨렸다.

"이 정도면 자격이 있소?"

아론의 질문에 한참 동안 멍하니 그를 바라보던 화룡각주
의 거친 수염이 씰룩이더니 이내 그는 할버드를 거두고 하늘
을 바라보며 앙천광소를 터뜨렸다.

"크하하하핫! 크하하하!"

그의 앙천광소는 한참 동안이나 계속되었다. 마치 평생 동
안 웃을 것을 이번 한 번에 전부 다 웃는다는 듯이 말이다.
그러다 그 웃음을 뚝 그치고 연무장을 바라보며 입을 열었다.

"보았느냐?"

"추웅!"

"느꼈느냐?"

"추웅!"

"우리가 가문에 바쳐야 할 것은?"

"추웅!"

"그렇다! 가문에 바쳐야 할 것은 바로 그것이다. 그리고 그
가문을 이을 대공자께서 돌아오셨다. 어떠하냐? 믿고 따를 만
한가?"

"추웅!"

그리고 마지막으로 화룡각주는 아론을 바라봤다.

"어떤가? 만족하는가?"

끄덕!

말 대신 고개를 끄덕이는 아론.

"과묵하군. 하지만 그 과묵함이 마음에 든다."

그렇게 둘은 비무장을 내려왔다. 그들의 모습을 보며 길버트가 나직하게 입을 열었다.

"저 친구가 내 친구라네."

마치 자랑하듯 한 말이다. 독백이라고는 하지만 곁에 있던 츠베코프 부각주가 못 알아들을 정도는 아니었다.

"그… 렇군요. 한데……."

"한데는 무슨. 저 친구만은 못해. 하지만 지금이라면 루비 아저씨와 겨뤄도 지지 않을 것 같군."

그에 츠베코프 부각주가 슬쩍 길버트를 바라봤다.

"발전은 플람베르 가문만 한 게 아냐. 그 오만한 자존심을 버릴 때도 된 것 같은데?"

"으음……."

길버트의 말에 나직하게 침음성을 흘리는 부각주의 모습에도 길버트는 그러거나 말거나 너무나도 싱겁게 끝나 버린 비무를 마치고 걸어오는 둘을 마중 나가고 있었다. 그런 길버트를 바라보며 화룡각주가 입을 열었다.

"대공자의 수준은 어느 정도인가?"

"마스터요."

"흐음. 그렇군. 그럼 자네는?"

"그보다 한두 수 앞설 거요."

"그런가? 그래도 다행이로군. 내가 방심해서 진 것이 아니라니."

"아마 알고 있겠지만 멀지 않았을 거요."

"그런가? 자네 정도면 그게 보이나?"

"깨달음이란 멀리 있는 게 아니오."

"멀리 있는 게 아니라……"

마스터의 벽을 잡고 넘지 못한 지가 벌써 몇십 년이었다. 그나마 강맹한 위력을 가지고 있는 자신만의 길을 연 덕분에 마스터에 비해 떨어지지 않은 무력을 지니기는 했지만 그렇다 해도 자신은 최상급이지 마스터가 아니었다.

마스터에 대한 실마리는 어느 누가 가르쳐 줄 수 있는 것이 아니었다. 대부분의 마스터는 마스터의 벽을 허무는 순간을 직계가 아니면 결코 알려주지 않기 때문이다. 그러니 절정에 달한 무력을 가졌음에도 불구하고 그는 마스터의 벽을 깨뜨리지 못하고 있었다.

"무슨 말인지 모르겠군."

"가끔은 그저 평범하게 기본으로 돌아가는 것도 좋을 것이 오."

"평범하게? 기본으로라……."

언제나 듣던 말이다. 그런데 오늘따라 느낌이 달랐다.

'그러고 보니……'

불현듯 방금 전의 비무가 떠올랐다. 자신의 화려하고 강맹한 공격을 이 아론이라는 자는 아주 간단하게 파쇄하고 자신의 목에 투박한 대검 끝을 대었다.

'그리고 느렸다. 너무나도. 마치 아무런 힘도 담겨 있지 않은 듯 평범하기 그지없었다.'

너무나도 간단한 일격에 자신의 모든 것이 흩어져 버렸다.

우뚝!

그 순간 화룡각주는 그 자리에 멈춰 섰다. 그의 전신에서 갑자기 화염이 일렁거리기 시작했고, 각자 자리를 벗어나려 하던 기사들은 그 모습에 그대로 자리에서 굳은 듯 서 있었다. 부각주가 다가오려는 찰나 아론이 손을 들어 그를 제지했다.

[뭐냐?]

[뭐긴 깨달음이지.]

길버트가 뇌를 울리는 물음을 던졌다. 이것은 마스터가 되면서 자연스럽게 깨달은 것으로 마법사의 메시지 마법과 같은 것이었다.

[이 순간에 깨달음이라고?]

[너 역시 마찬가지 아니었던가? 깨달음이란 그리 거창한 것이 아니다.]

[그렇긴 하다만… 왜?]

[빚을 지우는 게지.]

[빚? 그렇군. 더불어 나에 대한 지지까지 이끌어낸 것이로군.]

[그리고 이 중에 분명 너와 반대편에 서 있는 이들의 세작들도 있겠지.]

[그렇다면 그 세작까지 노린 것인가?]

[가주 직속 전투부대 중 첫째로 꼽는 화룡각이면 너에게 큰 힘이 되지 않겠나?]

[그야 이를 말인가? 한데 언제까지 이러고 있어야 하나?]

[답답한가?]

[시간이 없으니까 그렇지.]

[오히려 잘된 것 같은데?]

[잘 됐다라… 그도 그렇군. 하루 이틀의 휴식은 그들에게 꿀이 될 터이니.]

[그렇지.]

그 둘이 대화를 나누는 도중 과연 일천의 기사 중 몇몇의 보이지 않은 움직임이 있었다. 그들의 움직임이 어찌나 신속하던지 그들의 움직임을 눈치채는 이는 단 한 명도 없었다. 물론 평생 가야 한 번 보기 힘든 마스터로서의 진입을 눈앞에서 보고 있는데 그런 것에 신경 쓸 겨를조차 없는 것이 당연했다.

그리고 이렇게 상황이 변해가고 있음에 화룡각주의 변화역시 점점 더해가고 있었다. 불길이 더욱더 짙어졌고, 그의 사방을 태울 듯이 휩쓸고 있었다. 그 대단한 불속에서도 화룡각주의 표정은 평온하기 그지없었다.

마치 어머니의 배 속에서처럼 순진하기 이를 데 없는 표정임이 분명했다.

쩌어억!

그 순간 그가 착용하고 있던 체인 메일이 갈라지는 소리가들려왔다.

투두두둑!

그리고 떨어져 내렸다. 떨어져 내리면서 그의 전신을 감싸고 있는 화염에 녹아 그 흔적도 없이 사라졌고, 단 하나의 형겊조차 남지 않은 그의 전신은 가문 날 호수 바닥이 드러나쩍쩍 갈라지는 듯했다.

쩌억! 쩌저저적!

푸스스슥!

피부가 갈라지고 제대로 다듬지 않아 어깨까지 치렁하게 드리운 머리카락과 송곳처럼 삐죽삐죽 솟아난 수염이 연기가 되어 사라졌다. 순식간에 머리카락과 피부가 사라져 시뻘건 모습이 되었으나 다시 새살이 돋고 털이 자라나기 시작했다.

그 과정을 몇 번이나 반복했을까?

마침내 그의 새로 돋아난 피부에서 검고 끈적끈적한 무언가가 흘러내리기 시작했다.

[크으~ 냄새!]

[너도 그랬다.]

[이렇게 지독했다고?]

[얀센과 제라르를 불러주랴?]

[아니, 됐다. 어쨌거나 이제 거의 막바지인가?]

[그런 셈이지.]

[그런데 벌거벗은 모습이 대략 난감하군.]

[그런 건 신경 쓸 필요 없다.]

[뭐 내 몸도 아닌데 별로 신경 쓰지 않겠지만 그래도 한 배를 탄 사람인데…….]

그렇게 메시지를 주고받는 도중에 화룡각주가 깨어났다.

"으으으음!"

그 순간 아론은 자신의 등 뒤에 길게 드리워져 있던 망토를 벗어 그의 어깨에 걸쳐 주었다. 모든 것이 끝난 상황이니 손을 대어도 상관없었다. 바디 체인지가 일어나는 과정에서 손을 댔다면 아마도 화룡각주는 피를 토하고 쓰러졌으리라.

"아!"

그에 마침내 화룡각주가 탄성을 터뜨렸다. 그러다 자신의 전신을 한번 훑어보다 사방에서 자신을 얼빠진 모습으로 바라보고 있는 기사들을 보며 외쳤다.

"이놈들아! 여자의 몸도 아니고 털 숭숭 난 남자의 몸이 그리도 보기 좋더란 말이냐!"

그의 외침에 그제야 기사들은 헛기침을 하고, 이빨로 입술을 깨물어 웃음을 참으며 돌아서 원래의 곳으로 돌아갔다. 그리고 그들 역시 깨달았다. 벌써 반나절이 지났음을 말이다. 그저 보기만 했는데 반나절이 지났다.

오후에 시작된 바디 체인지가 다음날 새벽 동이 터올 무렵에야 끝이 난 것이다.

"날 샜군."

"그러게."

기사들이 나직하게 한숨을 내쉬었다. 다시 일과를 시작해야 할 시간이니 당연히 그러했다. 그때 그들의 귓가를 때리는 음성에 희색이 만면한 기사들.

"오늘 하루 쉰다. 이상!"

"추웅!"

그에 대한 기사들의 답은 지독히도 빨랐다. 막사를 향하는 기사들의 발걸음이 지극히 가벼웠다. 그런 그들을 보다 자신의 곁에 있는 아론을 보며 살짝 고개를 숙여 보이는 화룡각주.

"고맙군."

"내가 한 일은 별로 없소."

"그렇다 하더라도 길을 안내하고 단초를 제공한 것은 자네가 맞네."

"나는 그저 길버트를 따라왔을 뿐이오."

그에 화룡각주는 길버트를 바라봤다. 화룡각주의 시선을 받은 길버트는 어깨를 으쓱해 보였다. 그 모습에 피식 웃은 화룡각주가 말했다.

"집무실로 가지."

"알겠습니다."

그렇게 네 명의 사내가 그의 집무실로 향했다. 집무실에 도착한 아론과 길버트, 그리고 부각주는 조금 기다려야만 했다. 화룡각주가 의복을 착용할 때까지 말이다. 기다리는 시간은 그리 길지 않았다.

"앉지."

"예."

의복을 정제한 화룡각주는 그답지 않게 차를 시켰다. 그리고 그 차를 한 모금 마신 후 입을 열었다.

"가주 형님이 널 이리 보냈다고?"

"그렇습니다."

"그렇다면 그 일 때문이로군."

"무슨 일 말인가요?"

"너도 플랑드르에 대한 소문은 들어서 알고 있겠지?"

화룡각주는 고맙다거나 이런저런 공치사는 제외하고 곧바로 본론으로 들어갔다. 어제와는 전혀 상반된 모습에 길버트조차 어색해할 정도이다. 하지만 길버트는 빠르게 생각을 바로잡아 진중하게 답했다.

"들어서 알고 있습니다."

"그럼 소문이 아니라는 것도 알겠군."

"그렇습니다."

"그곳의 문제를 네가 해결해 줘야겠다."

"그건 아저씨의 생각인가요?"

"아니다. 너도 이미 알고 있겠지만 지금의 가문에서는 너의 죽음을 바라는 이들이 많다."

"뭐 모르지는 않죠."

"그리고 그들은 공식적으로 죽음의 구렁텅이로 몰아넣고 싶어 한다."

"플랑드르로 보내서 말이죠?"

"그래."

거기까지 말을 한 화룡각주가 인상을 쓰며 입을 열었다.

"마스터에 올라서 입맛이 변했나 싶어 차로 바꿀까 했다만 도대체 이 풀 맛 나는 물을 왜 마시는지 모르겠군. 가서 술 좀 내오라고 하게."

"알겠습니다."

부각주가 자리를 벗어나자 다시 입을 화룡각주.

"내 가까운 곳에도 다른 이의 눈이 있지."

"누굽니까?"

"사공자."

무능해서 세력조차 없는 사공자였다. 그런 그가 부각주를 화룡각주의 세작으로 심은 것이다. 그렇기 때문에 그를 밖으로 내보낸 것이다.

"의외로군요."

"등잔 밑이 어두운 법이니까."

"그래서 내보내셨어요?"

"난 이 시간 이후로 널 지지한다."

"그거 고마운 말인데요?"

"마스터가 되어보니 알겠더군. 네놈이 마스터라는 것을. 그것도 나를 한참 앞선 단계라는 것도."

"뭐 제 잘난 친구 덕분에요."

사심 없는 길버트의 말에 고개를 끄덕인 화룡각주.

"친구 한번 잘 됐군."

"저도 그렇게 생각합니다."

"일단 시간이 없으니 빨리 말하지. 가주 형님의 병세는 우리도 모른다. 의도적인 것이라 판단하고 있기는 하지만 그것이 맞는지도 모르겠다."

그의 말에 길버트는 인상을 찌푸리며 고개를 끄덕였다.

"알고 있었더냐?"

"어느 정도 짐작은 하고 있었습니다."

"알아보겠더냐?"

"아무렇지도 않아 보이더군요. 정말 와병 중이신지 알 수 없었어요. 그래서 생각했습니다. 무언가 흑막이 있을 거라고요. 그렇지 않았다면 제가 가문에 돌아오지 않았을 겁니다."

사실 그랬다. 자신의 아버지 플람베르 가문의 가주는 그레이트 마스터의 경지에 있는 사람이었다. 그런 사람을 대체 누가 있어 공략할 수 있단 말인가? 또한 그레이트 마스터에 있는 사람이 어찌 병에 걸릴 수 있단 말인가?

모든 것을 확실히 하고자 가문으로 돌아왔지만 오히려 더 미궁 속에 빠지는 것 같은 느낌이 들었다.

"그래, 그러니 살아만 돌아와라. 그러면 너의 세력은 이전과는 비교조차 할 수 없을 정도로 커질 것이다."

"저도 살아 돌아올 생각입니다. 제대로 살아보려고 왔으니 제대로 살아봐야지요."

"내가 도울 수 있는 것은 여기까지다."

"괜찮아요. 아저씨가 제 편에 서는 것만으로도 저는 든든하니까요."

"그래, 살아만 돌아와라."

"알겠습니다."

그때 부각주가 직접 술을 가지고 들어왔다.

"어? 이제 갈려고 했는데."

"술 한잔하고 가라."

"다녀와서 한잔하죠. 남겨두세요."

"그래? 알겠다."

그러고는 다시 부각주를 바라보다 입맛을 다시는 화룡각주.

"자네, 같이 한잔하겠나?"

"각주님과 무슨 맛으로 마십니까?"

"그런가?"

부각주는 그런 화룡각주의 말을 들은 체도 하지 않고 다시 밖으로 나갔다.

화룡각주만 남은 집무실에 정적이 감돌았다.

"어때? 성공할 것 같은가?"

"……."

허공을 향한 화룡각주의 질문에 화룡각주의 그림자에서 무언가 쑥 솟아나왔다. 그리고 완전한 사람의 형태를 갖추었다.

하지만 답은 없었다. 화룡각주는 그럴 줄 알았다는 듯 혼잣말을 되뇌었다.

"내가 보기에는 성공할 거야. 길버트도 길버트지만 바로 아론이라는 자 때문에 말이지."

"…강합니다."

"강해? 아! 그렇지. 그는 강하지. 어쩌면 가주 형님보다 더 강할지도 몰라. 이것이 득이 될지 해가 될지는 모르겠지만 말이지."

"……."

여전히 말이 없는 검은 그림자. 그에게 화룡각주의 명이 떨어졌다.

"그림자를 붙여."

"……."

그의 명을 받은 검은 그림자가 다시 솟아났던 그림자 속으로 사라졌다. 완벽한 정적이 감도는 지금 이 순간 화룡각주는 손을 깍지 낀 채 깊은 생각에 잠겼다.

"일단은 나에게 지운 빚은 갚아야겠지. 30년 동안 매달린 마스터의 벽을 깬 빚을 대체 어떻게 갚아야 할지 모르겠지만 말이야. 그리고 대체 길버트의 의중이 어디에 있는지 모르겠군. 부디 그가 돌아온 이유가 가문의 부흥에 있기를 바라야 하는 건가?"

그는 나직하게 독백을 한 후 짧게 숨을 내쉬며 자리에서 일어나 뒷짐을 진 채 등 뒤로 난 커다란 창문을 통해 연무장의 정경을 바라봤다. 하루의 휴식을 명했건만 무슨 바람이 불어서인지 화룡각의 기사들은 땀을 뻘뻘 흘리면서 훈련에 힘쓰고 있었다.

그 모습을 보며 까칠한 입꼬리가 살짝 말아 올라가며 만족한 웃음을 떠올리는 화룡각주였다.

"뭐 어쨌든 길버트 그놈 때문에 활력이 도는 건 사실이군."

*　　　*　　　*

"화룡각주가 마스터에 올랐다고?"

"그렇습니다."

"그것도 정체불명의 용병과 비무를 하고 난 후에?"

"그렇습니다."

"그게 말이 된다고 생각하나?"

"저도 말이 안 된다고 생각합니다. 하지만 화룡각의 모든 기사가 본 일입니다."

"제기랄!"

누구일까? 누구이기에 이리도 분통을 터뜨리는 것인가?

하나 벌건 대낮임에도 햇빛 한 점 들어오지 못하도록 검은 커튼으로 창문을 가렸고, 실내를 밝히는 것이라고는 고작 조그마한 촛불 하나가 전부인 관계로 얼굴은 물론 형체조차 제대로 분간하기 힘들었다.

"화룡각은 조금 아쉽게 되었군. 그러면 길버트 플람베르는?"

"예정대로 플랑드르로 향했습니다."

"인원은?"

"특무대원 208명과 대주 직속 기사 네 명과 한 명의 참모, 그리고 부대주 휘하의 용병 여섯입니다."

"그건 나름대로 잘 들어맞았군. 하면 연락은 취했나?"

"취했습니다."

"다행이로군. 살아올 확률은?"

"이전이었다면 1할도 채 되지 못했겠으나 부대주라는 자의 실력으로 보아 5푼 정도 올라갈 것이라 봅니다."

"화룡각주가 패했는데도?"

"직접 눈으로 보기 전에는 모를 일입니다. 어쩌면 이미 화룡각주가 마음을 정한 후 그와 같은 연극을 꾸몄을 수도 있습니다."

"그럴 수도 있겠군. 하지만 방심하지 않았으면 좋겠군."

"명심하겠습니다."

"됐어. 나가 봐."

"존명!"

문이 열리거나 닫히는 소리는 들리지 않았다. 그러함에도 어두컴컴한 실내는 지독한 정적이 감돌았다.

톡! 토옥! 톡!

그 지독한 어둠 속에서 책상을 두드리는 소리만 적막을 깨고 있을 뿐이다.

CHAPTER 7

플랑드르

"플람베르 가문의 가주."

"왜, 할 말 있나?"

플랑드르로 향하는 도중 아론이 입을 열었다. 그에 길버트가 물었다. 아론이 가주라 부른 이유는 길버트가 아버지라 부르기를 원하지 않아 보였기 때문이다.

"직접 한번 봤으면 좋겠군."

"직접 말인가?"

"그래."

"뭐 그것도 괜찮겠지. 아들놈의 유일한 친구인데 말이지."

길버트는 별로 어렵지 않다는 듯 대답했다. 그것은 그만큼 아론을 신뢰하고 있다는 것을 의미했다. 어쩌면 권력에 있어서 자신과 경쟁하게 될 존재일지도 모른다. 권력 앞에서는 부자지간이라는 것도 그리 큰 의미가 없으니 말이다.

길버트는 그것을 정확하게 인식하고 있었다. 하지만 정확하게 인식하고 있다고 해도 과거 그런 냉정한 관계가 싫어서 가문을 박차고 나갔다.

"그건 왜?"

"아무래도 걸리는 것이 있어서."

"걸리는 것이라니?"

"가주가 와병 중이라고 했던가?"

"그렇지. 조금 의심스럽지만 꾀병이 아닌가 생각 중이네."

"꾀병이라…… 왜?"

아론은 무언가 생각하듯이 말을 끊더니 이내 길버트에게 답을 물었다.

"솎아내기 위해서지."

"자신을 적대하거나 가문을 좀먹는 사람들을?"

"그렇지."

"너무 오래 꾀병을 앓고 있다고 생각지 않나?"

"그렇기는 한데……."

아론의 말에 턱을 쓰다듬으며 곰곰이 생각에 잠기는 길버트. 그때 그의 옆으로 말을 타고 가던 더글러스가 입을 열었다.

"그저 떠돌아다니거나 악의적인 소문 중에 하나가 독에 당하셨다는 말이 있습니다."

그에 길버트는 더글러스를 바라봤다.

"독?"

"그렇습니다."

"그레이트 마스터가 독에 당할 수도 있나?"

이내 고개를 돌리며 아론에게 물어보는 길버트였다. 왜 그랬는지는 모르겠지만 길버트는 아론에게 답을 구했다. 아론은 미미하게 고개를 끄덕이며 입을 열었다.

"그레이트 마스터도 사람이니까."

"너는?"

"글쎄. 모르겠군."

"당해보지 않아서 모르겠다는 말인가?"

"그런 말일 수도."

어정쩡한 아론의 말에 길버트는 미간을 살짝 찌푸렸다. 지금까지 아론의 말은 언제나 확신을 가지고 있었다. 그러다 미간을 펴며 입을 여는 길버트.

"이제 좀 인간 같아 보이는데?"

"이전에는 아니었나?"

"좀 비현실적이었지. 그 작은 머리에 세상의 모든 것이 들어 있는 것 같았거든."

"너보다 천재를 보니까 겁이 난 건가?"

"천재? 내가 천재라고?"

"일곱 살에 검을 잡고, 열 살에 마나를 깨닫고, 열다섯에 중급에 오르고, 스물일곱에 상급에 오른 자가 천재가 아니면 누가 천잰가?"

"자네 있잖은가?"

"난 마나를 깨달은 지 1년도 안 됐어."

아론의 말에 피식 웃어 보이는 길버트였다. 말도 안 되는 소리 하지 말라는 듯이 말이다. 마나를 깨달은 지 1년도 안 돼서 마스터를 넘어서 그 경지가 어느 정도인지 짐작조차 할 수 없는 괴물이 있다는 소리는 들어본 적이 없었기 때문이다.

그래서 웃었다. 하지만 길버트의 머릿속에는 과거 동부군 시절 아론과 함께 회색의 숲을 정찰 나가기 전 그에 대한 정보가 떠올랐다.

'분명 그때 하급이라고 했다.'

그리고 또 다른 것이 떠올랐다. 바로 특무대를 6개월 만에 전원 중급 이상으로 조련해 낸 것을 보면 분명 뭔가 있는 것 같기는 했다.

'어쩌면 사실일지도.'

왜 그렇게 생각하느냐고?

지금까지 그의 입에서는 절대 거짓이 흘러나오지 않았기 때문이다.

"한 가지 분명한 것은……."

"분명한 것?"

"절대 꾀병은 아니라는 거지."

"그걸 어떻게 확신하지?"

"후계자 싸움으로 가문이 사분오열되어 있고, 칼뤼베이우스 가문은 플랑드르를 되찾기 위해 싸움을 걸어왔다. 들어보니 플랑드르라는 곳은 양모와 철광석 산지로 유명하더군."

"그… 렇지."

"말이 양모와 철광석이지 실제 그곳은 플람베르 가문의 무기와 방어구를 만드는 질 좋은 철광석의 주산지로 알려져 있더군. 달리 말하면 그곳은 플람베르 가문의 급소와 같은 곳이지. 그런 급소에 칼이 들어왔는데 내부의 적을 잡아내기 위해 칭병을 한다? 이상하지 않나?"

"그건……."

확실히 이상했다. 지금은 스스로 일어나 존재감을 드러내 가문을 하나로 단단하게 결속시켜야 할 때였다. 그런데 와병을 들어 자신을 감춘다?

분명 뭔가가 이상했다.

"어쩌면 더글러스 너의 말이 맞을지도 모르겠군."

"다만……"

아론과 길버트는 더글러스의 말을 기다렸다.

"확인할 수 없다는 것입니다. 그 누구도 가주의 침전에 들 수 없으니 말입니다."

"그럼 나는?"

"만난다 해도 알 수 없기 때문이 아닐까 합니다."

"그런가? 내가 멍청한 놈이었던가?"

"그렇다기보다는 가주님의 연기가 너무 완벽했다고 할 수 있습니다. 내가 와병 중이기는 하지만 필요하다면 언제든지 일어날 수 있다. 그러니 경계해라. 이런 뜻을 알리는 것입니다."

"그래서 플랑드르를 무단으로 침탈했음에도 불구하고 자리 보전하고 움직이지 않은 건가?"

"일단 이공자의 천화대와 삼공자의 청운대가 나가 있으니 그들 역시 경거망동하지 못할 것입니다."

"앙숙인 두 세력이 나가 있다고? 지휘관은 누군데?"

"그게……"

머뭇거리는 더글러스. 그에 그럴 줄 알았다는 듯이 어깨를 으쓱해 보이는 길버트.

"난장판이겠군."

"뭐 아직까지 이렇다 할 결과가 없는 것을 보면 그 말이 맞는 듯합니다."

"맞는 듯해?"

"맞습니다. 거기에 두 세력 간에 알력이 있어 연전연패를 거듭하고 있습니다."

"그래? 그럼 수가 많이 줄었겠군."

"지금은 절반 정도 남았다고 합니다."

"그런데 지원군을 안 보내고 우리를 보낸 거로군. 더 이상 전력을 낭비하기 싫어서 말이지."

"그래서 저렇게 든든한 물자를 보내줬지 않습니까?"

더글러스가 뒤를 바라보며 입을 열자 길버트 역시 뒤를 보더니 한숨을 내쉬었다.

"더글러스."

"네, 주군."

"행군이 너무 느리다. 그러니……."

"제가 물자를 관리하라는 말씀이십니까?"

"아니, 물자만 남기고 모두 돌아가라고 해."

"아니, 그런……."

"나 믿지?"

"그야 뭐……."

"그럼 그렇게 해."

"…알겠습니다."

더글러스는 더 이상 토를 달지 않았다. 무슨 수가 있기 때문에 그렇게 말한 것일 거라고 생각한 것이다.

"정말 그래도 되겠습니까?"

물자를 조달하던 사람들이 되물었다. 사실 플랑드르 지역은 가기 싫은 곳이다. 가면 반드시 죽을 테니까. 기사들도 투입되어 돌아오지 못했는데 아무런 힘도 없는 자신들이 가서 살아 돌아올 수 있으리란 보장이 없었기 때문이다.

"그래도 된다."

"하면……."

짐꾼의 우두머리로 보이는 자가 쭈뼛쭈뼛 서류를 꺼내 들었다. 바로 인수인계를 완료했다는 서류였다. 그에 더글러스는 두말없이 서류에 인장을 찍었다.

"그럼……."

인장이 찍힌 서류를 품속에 넣어두고 고개를 숙인 후 뒤도 돌아보지 않고 돌아서는 짐꾼들. 사실 가문의 녹을 먹고 있기는 하지만 죽음이라는 것 앞에서 정식 가문의 일원도 아닌 자신들이 희생해야 할 이유는 하나도 없었다.

그런 그들을 바라보던 더글러스가 길버트 옆으로 와서 보고했다.

"보냈습니다."

"그래, 수고했어."

그러면서 아론이 있는 쪽을 바라보는 길버트.

"부탁해도 되나?"

"일을 벌여놓고 부탁이라고 하는 게 맞는지 모르겠군."

그를 스쳐 지나가며 아론이 한 말이다.

"아니, 그게 저……."

길버트가 무슨 말인가 하려는 찰나 아론은 이미 행동에 옮기고 있었다.

"저……."

"무슨……."

그리고 여기저기에서 말도 안 된다는 소리가 흘러나왔다. 그것은 길버트의 곁에 있는 더글러스도 마찬가지였다.

"저, 저……."

"입 닫아라. 파리 들어갈라."

"헙!"

길버트의 말에 급하게 벌어진 입을 닫는 더글러스. 그러는 사이 아론은 이미 아공간에 이백 명의 특무대원들이 3개월간 먹을 식량과 물자를 집어넣고 있었다. 순식간에 산더미 같던 물자가 사라지고 텅 빈 공간만 남았다.

'저건 분명 아공간이다.'

더글러스는 그렇게 생각했다. 또한 더글러스의 휘하에 있는 몇 되지 않은 프리 메이지 역시 마찬가지였다. 아무리 최상급의 마법 배낭이라 할지라도 저 많은 양의 물자를 집어넣을 수는 없기 때문이다.

그에 더글러스와 프리 메이지들의 눈가가 잘게 떨려오고 있었다.

"도대체……"

"알량한 머리로 그를 재단하려 하지 마라. 그는 나조차도 제대로 파악하지 못하고 있으니."

"어찌……"

"한 번에 다 파악하면 아무리 친구라 해도 질리잖은가? 양파 같아서 좋은 친구지. 또 기대되고 말이야. 솔직히 나도 저 친구가 대체 어디까지 보여줄지 궁금하기도 하고 기대가 되기도 해."

"친구란 신뢰가 바탕이 되어야 합니다."

"내가 저 친구를 못 믿는다고 생각하나?"

"아닙니까?"

"이 사람 이거 큰일 날 소리 하네. 저 친구가 그렇게 허당으로 보이나? 그런 면에서는 나보다 저 친구가 더하면 더했지 못하지는 않아."

대공자는 뛰어난 사람이었다. 이른 바 세간에서 말하는 천재 중의 천재였다. 이제 마흔이 조금 넘은 상태에서 마스터의 반열에 올랐으니 당연한 말이다. 그런데 그런 그조차도 범접할 수 없는, 인간의 잣대로는 측정할 수 없는 자가 있었다.

바로 아론이라는 자.

겉보기에는 그저 평범한 용병으로밖에 보이지 않았다. 하지만 가진 바 무력은 이미 대공자를 넘어섰고, 상황을 꿰뚫는 통찰력은 머리에 자신 있는 자신조차도 발아래 둘 정도였다. 그런 자가 대공자와 친구였다.

'유유상종이라 했거늘 도무지 알 수가 없구나.'

도무지 알 수 없었다. 곁에 있다 보면 그 둘의 대화는 시정잡배들의 대화 이상은 없었다. 도저히 플람베르 가문의 대공자라는 것을 알 수 없을 정도였다.

'이들은 이미 세간의 시선을 초월할 정도인가? 그래서 내가 두 분의 관계를 이해할 수 없는 것인가?'

그렇게 홀로 생각에 잠긴 사이 아론이 모든 일을 끝내고 길버트의 곁으로 돌아왔다.

"수고했어."

"이 정도를 수고라고 하면 싸움은 어떻게 하려고."

"그땐 그때고."

"어쨌든 어떻게 할지 생각은 해뒀나?"

"뭘?"

"네 세력이 아니라며."

"아니지."

"그러니 생각해 둬야지."

"네가 있고 더글러스가 있는데 무슨 생각 따위를……."

"머리는 장식이 아니다. 그러다 뇌까지 근육이라는 소리 듣는다."

"아! 그건 좀 문제가 있군. 결혼도 해야 하는데……."

"그래서 생각은?"

"분명 반기를 들겠지."

"그게 수순이니까."

"그럼 눌러야지. 힘으로."

"반대급부는?"

"원래 뒷배를 믿고 설치는 놈들은 더 강력한 힘에 눌리게 되어 있어. 그리고 명목상으로 난 플람베르 가문의 대공자이고, 플랑드르를 수복할 전권을 맡은 특무대의 대주이지. 명분으로나 지위로나 놈들은 한번 꾹 눌러주면 날 따를 수밖에 없어."

"영 멍청한 것은 아니군."

"아, 왜 이래? 나 천재야, 천재."

"자네가 천재면 난 신이로군."

"아, 뭐… 그렇게 되나?"

그런 말도 안 되는 소리를 찍찍 해대며 말을 몰아가는 두

사람이었다. 그런 두 사람을 보며 더글러스와 네 명의 기사는
한숨을 푹푹 내쉬고 있었다.

'어째 기사의 품위라고는……'

'더 어려지신 건가?'

그러면서 아론을 따르는 여섯 명의 용병을 바라봤다. 그들
은 둘 못지않게 시시덕거리고 있었다. 그들에게 긴장감이라는
것은 애초에 찾아볼 수조차 없었다.

'전쟁용병이었다고 했던가?'

용병이지만 이들조차도 만만치 않았다. 얀센과 제라르라 불
리는 자는 이미 대공자와 같은 마스터였고, 나머지 네 명은
최상급이었다. 지금까지 많은 용병을 봐 왔지만 소드마스터는
물론 최상급의 용병조차도 손에 꼽을 정도였다.

'어쩌면 대공자께서는 이것까지 감안했을지도……'

그렇게 생각하면서 아론과 대화를 하고 있는 길버트를 보
았지만 이내 한숨을 폭 내쉬며 고개를 저었다.

'그럴 리가……'

점점 믿음이 희석되어 가고 있었다.

그렇게 그들은 며칠간의 행군을 통해 마침내 플랑드르에 진
입했다.

"이햐~ 이곳이 플랑드르로군. 그런데……"

"화끈한 환영식이 되겠군."

길버트의 말을 아론이 받았다. 순간 길버트의 얼굴이 딱딱하게 굳었다.

"정보가 샜군."

"예상하지 않았나?"

아론의 질문에 날카롭고 차가운 얼굴을 치우고 금세 희희낙락하는 얼굴이 된 길버트였다.

"없었으면 아쉬웠겠지."

그에 아론은 슬쩍 입꼬리를 말아 올린 후 입을 열었다.

"특무대원의 첫 실전을 지켜봐야겠지."

"옳거니."

그러면서 손가락을 튕기자 프리스트 1전대장과 레베스크 2전대장이 기다렸다는 듯이 그의 옆으로 다가왔다.

"포위한다."

"명!"

소리는 크지 않았다. 하지만 그 답변에는 확고한 신념이 들어 있었다.

프리스트 1전대장이 1전대를 이끌고 좌측으로, 레베스크 2전대장이 2전대를 이끌고 우측으로 빠져나갔다. 그에 길버트가 뒤를 보며 말했다.

"너무 적은데?"

남아 있는 수는 자신을 포함해서 열세 명이 고작이니 당연했다.

"뭐, 상관있으려나?"

"의심하겠지."

"의심해도 상관없지. 이미 그때는 늦었을 테니까."

"흐흐, 그도 그렇군. 더글러스는 뒤로 빠져 있어."

"알겠습니다."

가장 선두에 아론과 길버트가 서고, 그 뒤로 여섯 명의 용병이 섰으며, 그 뒤로 네 명의 기사가 섰다.

이미 네 명의 기사는 여섯 용병의 실력을 견식하고 마음속 깊이 그들을 인정하고 있었기 때문에 서열이나 위치 때문에 불만을 품지는 않았다.

"그런데 수가 꽤 되는데?"

"그래도 플람베르 가문의 대공자인데 이 정도면 남는 장사지."

"어허, 내 몸값이 이 정도밖에 안 되다니."

"그러면 이번에 힘 좀 써봐."

"내가?"

"언제까지 뒤에 숨어 있을 순 없지. 플랑드르에 들어섰으니 실력을 보여야지."

아론의 말에 히죽 웃는 길버트였다.

"역시 그렇지? 쥐새끼처럼 숨어서 가문을 야금야금 갉아

먹는 놈들을 끌어내리려면 내 실력을 어느 정도는 보이는 것이 좋겠지?"

"그런 것도 있고."

"또 다른 이유도 있나?"

"안 쓰면 줄어드는 게 실력이다. 혹시 플레일과 방패 쓰는 법을 잊어먹었을까 봐."

"야! 아무리 그래도⋯⋯."

"다 온 모양이로군."

"어? 아!"

그러면서 앞으로 나서는 길버트. 그리고 후미로 빠졌던 네 명의 기사가 앞으로 나서며 길버트를 따라나섰다.

"근질근질하지?"

그런 네 명의 기사를 보며 시정잡배들이나 하는 소리를 내 뱉는 길버트였다.

"그렇습니다."

유일하게 답한 기사는 벨리사리우스였다. 노예에서 평민으로 면천을 하고, 이십인력의 힘을 타고난 자. 50kg의 포샤르를 한 손으로 가볍게 휘저을 수 있는 자가 바로 그였다. 그런 벨리사리우스를 보며 히죽 웃는 길버트.

"그럼 한번 달려볼까?"

"좋습니다."

"가자!"

길버트가 말의 배를 찼고, 네 명의 기사는 얼마의 적이 있을지도 모를 양쪽 아담하고 울창한 산 사이로 난 협로를 향해 달려 나갔다.

한편.

"옵니다. 그런데……."

"그런데?"

"그 수가 너무 적습니다."

"눈치챈 모양이로군."

"하면 어떻게……."

"계획대로 간다."

"하지만……."

"대형은 삼각형으로 하고 꼭짓점에 내가 선다. 좌측의 꼭짓점에는 보에스키가 서고 푸크스 로디에가가 보조한다. 우측의 꼭짓점에는 바티스타가 서고 셰년과 위버가 보조한다. 나머지는 나를 보조해 선두에 선다."

"옝!"

이견 따위는 있을 수 없었다. 철기대 휘하 10조는 그렇게 철저한 상명하복으로 이뤄진 집단이었다. 명령을 내린 철기대 10조 조장 리처드 체이스는 곧바로 말의 배를 찼다. 그에 칼뤼 베이우스 가문의 가병과 고용된 용병들이 소리 없이 앞으로 달려 나갔다.

용병이라고 해서 아무나 마구잡이로 뽑은 것이 아니었다. 전쟁으로 단련된 전쟁용병을 중심으로 뽑았다. 그들에게 지불하는 대금 역시 일반 전쟁용병들보다 더 비싼 가격을 지불했다. 때문에 지금의 상황에서 그들은 자신이 무엇을 해야 할지 너무나도 잘 알고 있었다.

어쩌면 훈련받은 가병들보다 그들이 지금의 이 상황에서 더욱 효용성이 있을지도 몰랐다. 그리고 어느 정도 거리가 되었을 때 뜻밖의 상황이 벌어졌다. 몇 명 되지도 않은 이들이 자신들을 향해 달려오고 있는 것이다.

실로 어이없는 상황에 체이스 10조 조장은 플람베르 가문의 대공자의 어리석음을 탓했지만 곧이어 울려 퍼지는 함성에 뜨끔했다.

'과연 썩어도 준치라는 것인가? 오랫동안 가문을 떠나 군문에 투신했다고 하더니 잔수를 꽤 쓸 줄 아는군.'

그러면서 희게 웃음을 떠올리는 체이스 10조 조장이었다. 이것은 어느 정도 예상한 일이었다. 이곳이 너무 뻔한 매복 지점이었기 때문이다. 그리고 상급 정도에 이른 기사라면, 혹은 조금이라도 전투를 경험한 기사라면 당연한 일이었다.

그러하기에 그가 웃고 있는 것이다.

'흐흐흐, 플람베르 가문의 대공자를 내 손으로 잡다니.'

그는 확신했다. 그리고 포위 공격을 당한다 해도 막고 있기
만 하면 되었다. 그리고 저들이 당황했을 때 대공자의 목을
베면 될 것이다.

그러나 상황은 그의 생각대로 흘러가지 않았다. 특무대라
고 듣기는 했다. 하지만 그들은 플람베르 가문에서 버려진 존
재들. 그러한 이들이 강하면 얼마나 강하겠느냐고 생각했다.
하나 아니었다.

"이노오옴!"

자신을 향해 쇄도해 오는 기사를 바라보는 좌측을 담당한
아이반 보에스키. 그는 노호를 터뜨리며 그 기사를 향해 마
주 달려 나갔다. 보에스키는 상대를 경시할 수밖에 없었다.
마상 위에 있지만 상대의 모습이 제대로 보이지 않았기 때문
이다.

기사라면 이 시대의 사람들 중 상당한 체구를 자랑한다.
잘 먹고 끊임없이 훈련을 하니 체구가 좋을 수밖에 없었다. 그
런데 자신의 앞으로 쇄도하는 자는 정말 작았다.

'훗. 하늘 높은 줄 모르고 땅 넓은 줄만 아는 놈이로군.'

그러면서 그는 거침없이 마상 장검을 그어 내렸다. 단번에
상대를 두 쪽 내버리겠다는 듯이 말이다. 하지만 그것은 오산
이었다. 아이반 보에스키가 상대하려고 한 자는 바로 1전대장
인 레이 프리스트였다.

키는 작지만 그의 탄탄한 근육에서 나오는 믿을 수 없는 힘은 그의 작은 키의 단점을 완벽하게 커버하고 있었다. 그는 가볍게 허리를 틀어 아이반 보에스키의 마상 장검을 피해내고 짧은 배틀 해머로 마상 장검을 내리누름과 동시에 다른 쪽 배틀 해머를 휘둘렀다.

콰직!

퍼억!

무언가 부서져 나가는 소리가 들려왔다. 그 순간 그를 따르던 기사들과 가병들, 그리고 용병들이 잠시 멈칫했다. 단 한수에 자신을 이끄는, 그것도 중급에 이른 기사가 제대로 힘 한 번 써보지 못하고 죽어버린 것이다.

하지만 그 순간은 바로 그들의 죽음과 직결되었다. 그와 동시에 측면으로 난입한 1전대원들.

"쓸어버려!"

"으흐흐흐!"

"한번 죽어봐라!"

전대원들의 눈이 희번덕거렸다. 그것은 마치 포식자가 먹잇감을 노리는 그런 눈과 같았다. 그것은 2전대 역시 마찬가지였다. 한번 밀리기 시작한 철기대의 10조는 제대로 힘 한번 써보지 못하고 밀려나기 시작했다.

"저게 무슨……."

슬쩍 좌우 상황을 살펴보기 위해 시선을 돌렸던 체이스 10조 조장은 눈이 휘둥그레졌다. 도저히 믿을 수 없는 상황이 전개되고 있었기 때문이다. 그때 놀랄 여유도 주지 않고 또 다른 소리가 그의 고막을 때렸다.

"뒤를 걱정할 시간이 있을까?"

그에 체이스 10조 조장의 시선이 빠르게 소리가 들리는 쪽으로 돌아갔다. 그리고 얼굴이 딱딱하게 굳어지고 표정이 싸늘해졌다.

"네놈은……."

"이거이거, 칼뤼베이우스 가문은 기사에게 예의를 안 가르치는가 보군. 아무리 돌아온 탕아라고는 해도 플람베르 가문의 대공자에게 놈이라니. 단단히 따져야겠는걸."

마치 지금 상황에 대해 전혀 인식하지 못한 듯한 그의 말에 체이스 10조 조장의 볼살이 푸들푸들 떨렸다.

"죽어랏!"

"쯧! 급하기는."

그러면서 길버트는 체이스 10조 조장의 검을 피하고 스치듯 그를 지나갔다.

그리고.

"끄륵!"

체이스 10조 조장의 목에서 가래 끓는 듯한 소리가 들려왔다.

주르륵! 푸화아악!

그의 허리와 목에서 동시에 검붉은 핏물이 흘러내리더니 이내 분수가 되어 쏟아졌다. 그것은 체이스 10조 조장과 함께 전면을 구성하고 있던 네 명의 기사들 역시 마찬가지였다. 쓰러져 가는 그들의 눈동자는 도저히 지금의 상황을 믿을 수 없다는 의미를 담고 있었다.

길버트는 마상에 꽂혀 있던 창을 하나 꺼내 체이스 10조 조장의 목을 끼운 후 들어 올렸다. 뭐 적장을 베었다거나 항복하라는 말조차 하지 않았다. 플레일과 방패를 휘둘러 목과 허리를 잘랐건만 그 단면을 유리처럼 매끄럽기 그지없었다.

피조차 흘러내리지 않았으니까 말이다. 그리고 그는 전장을 둘러봤다.

'압도적이군.'

그랬다.

압도적이었다.

이것은 누가 누구를 기습했는지 모를 정도였다.

'그건 그렇고……'

그러면서 슬쩍 뒤를 돌아보는 길버트. 바람 속에 비릿한 피 냄새가 섞여오고 있었다.

'시작되었나 보군.'

그의 짐작대로 후방 역시 일방적인 전투가 시작되고 있었다. 아론은 나서지도 않았다. 그냥 한마디만 했다.

"살살 해."

"거참, 형님도. 죽이지 않으면 죽는데 살살 할 여유나 있겠수? 말이 되는 소리를 하슈."

"아님 말고."

아론은 심드렁하게 말을 하고 팔짱을 끼었다.

"정말 안 갈 거유?"

"내가 가면 너희들 몫이 없어질 텐데?"

"쳇! 나서지 마슈."

그러면서 앞으로 달려 나가는 세라르였다. 하지만 제라르보다 한 발 더 앞선 이가 있었는데 바로 얀센이었다. 그는 아론이 말을 한 그 순간 앞으로 튀어나가 적을 이끄는 지휘관으로 보이는 기사를 머리에서부터 사타구니까지 두 쪽을 내버렸다.

상대는 비명조차 지르지 못했다.

"아씨, 얀센 형님. 그거 반칙이우."

"전투에 반칙이 어디 있어?"

"에잇!"

스카각!

제라르는 기합을 내지르며 두 자루의 대검을 휘둘러 두 기사의 목과 허리를 분리시켜 버렸다.

"우헤헤, 난 두 명이우."

꿈틀!

그에 얀센의 눈썹이 꿈틀거리더니 이내 그 거체가 튕기듯이 앞으로 나아갔고, 들고 있던 할버드를 수평으로 스윽 긋자 아주 짧은 순간 오러 블레이드가 솟아났다가 사라졌다.

"이런 젠장. 오러 블레이드까지. 두고 봅시다."

후방을 공격해 온 적의 구성은 기사 10명에 가병 100명, 그리고 용병 400명이었다. 길버트의 본대를 공격한 인원과 똑같은 구성이었다. 하지만 아무리 수가 많다 해도 고블린 속에 뛰어든 오거를 막을 수는 없었다.

여섯 명의 용병은 그 누구도 막을 수 없었고, 비명도 지를 수 없었으며, 도망칠 수도 없었다. 그들이 할 수 있는 일은 그저 놀라 확대된 동공과 무기를 버리고 자비를 바라는 수밖에 없었다.

기사들과 가병들은 끝까지 저항했으나 용병들은 그러지 않았다. 그런 용병들을 보며 아론이 입을 열었다.

"두 배를 주지."

그 이후로는 일사천리였다. 용병이란 돈에 의해서 움직이는 자들이다. 그리고 마지막으로 아론이 다시 그들에게 일격을 날렸다.

"배신하면 알지?"

그에 살아남은 3백의 용병들은 절로 등골이 서늘해짐을 느

졌다. 실로 간단한 말이었지만 배신을 했다가는 자신들을 평
생토록 쫓아다닐 것 같은 불길한 느낌이 들었기 때문이다.

"그런 걱정은……."

"하지 말라고 하고 잘도 배신하더구만."

용병들 중 대장 격인 자가 말했다.

"살려면 어쩔 수 없잖소."

"그래서 배신하겠다? 방금 전까지 배신 걱정은 하지 말라고
한 것 같은데?"

"보아하니 당신도 용병 같은데, 알잖소."

"알긴 뭘? 난 열다섯부터 전쟁용병을 한 사람이야. 평생 가
족이라는 것을 가져본 적도 없어. 그리고 그 오랜 시간 동안
전쟁용병을 하면서 보니 사연 없는 용병이 없었어. 그리고 가
족이 있다는 용병은 손에 꼽을 정도야. 설마 가족 때문이라고
하지는 않겠지?"

"그건……."

변명을 하지 못하는 용병의 모습에 그럴 줄 알았다는 듯이
말을 몰며 입을 여는 아론.

"그게 용병들의 처세인 것은 알아. 그런데 말이지, 언제까지
그렇게 살 건데?"

"그게 무슨 말이오?"

"언제까지 인간 취급도 못 받으며 살아갈 거냐고."

"그야 뭐······."

대충 얼버무리는 용병. 사실 그를 따르는 용병들은 힘들어 하는 표정을 지은 채 둘의 대화에 전혀 신경 쓰지 않는 것 같 았지만 다들 귀를 쫑긋 세우고 둘의 대화에 집중하고 있었다.

"그냥 체념하고 살아갈 건가?"

"힘이 없잖소. 누가 나서주는 사람도 없고 말이오."

배우지 못한 용병인지라 그의 말은 직설적이었다.

"그래서 내가 힘 좀 기르려고 해."

"그 말은?"

"용병대를 만들려고 한다 이거지."

"뜬금없이 무슨······."

"당신한테나 뜬금없는 말이지."

"그건 그렇소만."

"실력은 봤지?"

"그야 뭐······."

그제야 용병들은 알 수 있었다. 저 무지막지한 놈들이 자신 을 살려둔 이유를 말이다. 만약 용병대에 가입하지 않으면 이 자리에서 목이 날아갈 것만 같았다.

"가입하면······."

"조건을 달 처지가 아닐 텐데?"

"그야 그렇지만······."

"아님 여기서 죽던지."

"그런……."

"이미 눈치챘겠지. 내가 너희들을 살려둔 이유를 말이야. 그리고 알아둬야 할 사항은 지금 너희들이 가는 곳에 있는 용병들은 다 죽었을 거야."

"끄응. 알겠소."

용병들을 대표하는 자가 답했다. 그에 아론은 슬쩍 제라르를 보며 말했다.

"니 밑이다."

"그릴수? 고맙수."

그러면서 용병들을 보며 희게 웃었다.

"훈련 좀 제대로 시켜라."

"그런 건 걱정하지 마슈. 북부 방면군 소속 동부군의 용병 만인대에서 백인장으로만 10년이우. 삼백 명이든 천 명이든 그 기본 훈련은 똑같으니 말이우."

제라르의 껄렁한 대답과는 달리 그의 눈동자는 밝게 빛나고 있었다. 그리고 용병들은 신음을 흘릴 수밖에 없었다. 아무래도 제대로 걸린 것 같아서 말이다. 전쟁용병으로서 어느 정도 실력을 가지고 있기는 하지만 지금까지는 전혀 경험해 보지 못한 것을 경험할 것만 같았다.

더군다나 최전선의 용병 만인대에서 백인장을 지낸 사람이라고 스스로를 밝혔다. 후방에 있는 귀족 가문의 영지전이나 뭐 그런 전투를 주로 하는 전쟁용병과는 차원이 다를 것이라는 것을 예감할 수 있었다.

"다들 들었지?"

"그렇수."

"앞으로 훈련하는 도중에는 반드시 '다'나 '까'로 끝맺는다. 그리고 훈련은 지금부터 시작이다. 알겠나?"

"그……."

뻐억!

용병이 대답을 하기도 전에 눈에 불이 번쩍이더니 단발마를 흘리며 앞으로 엎어졌다.

"'다'나 '까'라고 했거든?"

"아니, 지금……!"

뻐억!

또 한 명의 용병이 별을 보며 쓰러졌다.

"지금부터 훈련이라 했지라."

"꿀꺽!"

두 명의 용병이 쓰러지고 나자 장내에 서늘한 기운이 감돌았다.

"좌우로 정렬!"

"……."

아직 잘 모른다.

하나 바로 알게 되었다.

이해 못 하는 설명보다 등 뒤로, 허벅지로, 복부로 날아드는 주먹이나 발길질이 더 무섭기 때문이다. 또한 전쟁용병이기에 그 정도의 군부대 용어를 모를 리 없었다.

처저저적!

네 명의 용병이 삼백의 용병을 간단하게 휘어잡았다. 순식간에 사열종대로 맞춰 선 용병들. 말하지 않아도 그들은 사열종대로 열을 맞췄다.

"구보 준비."

처적!

아주 자연스럽게 엉성하지만 자세가 나왔다.

"뛰어~ 갓!"

척! 척! 척! 척!

네 명의 조교와 한 명의 교관이 뛰었다. 그리고 삼백 명의 용병도 뛰었다. 더글러스가 그 모습을 보고 말했다.

"괜찮겠습니까?"

"괜찮지 않으면?"

"아무래도……."

"나도 용병이야."

"하지만 부대주님과 저들은 다릅니다."

"내 동생들도 용병이고."

"그……."

"그리고 대책이 없다면 나서지도 않았을 것이니 괜찮아."

"알겠습니다."

"인상 펴. 길버트에게 도움되는 일이니."

잔뜩 인상을 찌푸리고 있는 더글러스에게 한마디 하는 아론이다.

"그렇다면야……."

그렇게 답을 하고 있기는 하지만 솔직히 더글러스는 그의 말을 믿을 수 없었다. 아니, 용병을 믿을 수 없었다. 아론이나 그를 따르는 이들이 특출 난 것이니 말이다. 그래도 하나의 희망을 걸자면 아론은 결코 허투루 말을 하지 않는다는 것일 게다.

그들은 그렇게 본대와 합류했다.

"이것들은 다 뭔가?"

"용병대를 만들기로 했다."

"뜬금없이 무슨……."

"이백 명의 특무대가 훌륭하기는 하지. 하지만 그렇다고 전력의 약세가 강세로 전환되지는 않아."

"물론 그렇지만 그렇다고 어중이떠중이들을 모아봐야 소용없다는 것도 알 텐데?"

길버트의 말에 아론이 피식 웃어 보이며 말했다.

"6개월 전의 특무대를 생각해 봐."

"그야 뭐……."

6개월 전의 특무대. 저들보다 약간 나은 정도였다. 많이도 아니고 아주 약간 말이다. 비록 지금의 용병들 중 익스퍼트는 없었지만 난전에 있어서 그들은 오히려 훈련받은 정규군보다 나았다.

그리고 저들을 조련하는 이가 누군지 떠올리게 되자 절로 아론의 말을 인정할 수밖에 없었다.

"그래서 용병대 이름은 어떻게 지으려고."

"퍼스트."

"퍼스트?"

"그래."

"첫 번째라……. 어쩌면 가장 잘 어울리는 이름일지도 모르겠군. 그만큼 활약을 해야 하겠지만."

"첫 번째가 될 것이고, 최고가 될 것이다."

그들이 대화하는 도중에도 연신 이리 채이고 저리 채인 용병들이었다. 그러한 그들을 바라보는 길버트는 순간 그들이 불쌍하다는 생각이 들었다. 아론이 특무대의 체력과 기본을 다질 때 하던 PT 체조라는 것이 생각나서였다.

악독하기 그지없는, 정말 생각하기도 싫은 체력 훈련이었다. 그것을 생각하니 지금은 허약해 보이고 그저 보잘것없는 용병 나부랭이지만 어느 정도의 시간이 흐른 후 그들이 어떻게 변할지에 대해 살짝 궁금해지기도 했다.

"그건 그렇고, 이대로 갈 텐가?"

"목은?"

"잘 간수하고 있지."

"창대에 꽂아 복귀하지."

아론의 말에 눈살을 살짝 찌푸리는 길버트였다.

"왜, 싫은가?"

"싫은 것은 아니지만 죽은 자에 대해서 그런……."

"아직 배가 불렀군."

"……."

아론의 말에 말이 없어진 길버트였다. 자신은 플람베르 가문의 대공자이다. 아무리 벗어나려 발버둥 친다 해도 벗어날 수 없었다. 그런데 아론의 말처럼 행동한다면 어떻게 될까?

분명 그들은 자신을 욕할 것이다.

'천한 놈이라고, 용병이 다 되었다고 할 테지. 그렇게 되면… 그렇군.'

그리고 깨달았다.

"아마 내가 아직 정신을 못 차렸는지도 모르지."

"가주에 오를 때까지, 가문을 완전히 너의 것으로 만들 때까지 수단과 방법을 가리지 마라. 동원할 수 있는 모든 수단과 방법을 동원해라. 이왕 후계 싸움이라는 진흙탕 속에 발을 디뎠으니 신명을 다해 죽을 듯이 싸워라. 그래야 너를 지지하는 사람들이 너를 따른다."

"그렇군. 그래, 나는 아직 배가 불렀군. 아직 제대로 한 것은 하나도 없으면서 마치 가문을 다 가진 것처럼 행동했군."

"그래. 이제 알았나?"

"쩝."

"넌 아직 대공자도 가문의 후계자도 아니다. 너의 주변에 있는 것이라고는 나와 특부대밖에 없다. 상대빙에게 더욱더 자신을 천한 놈이라고, 미친놈이라고 믿도록 만들어라. 철저하게. 그리고 전신이 떨릴 정도의 무서움을 보여라. 두 번 다시는 기어오르지 못하도록."

"알겠다. 알겠어."

그러면서 외쳤다.

"죽은 자들의 목을 자르고 창대에 꽂아라!"

"명!"

그의 명은 한 치의 오차도 없이 시행되었다. 그렇게 죽은 적들의 목을 창에 꿰어서 말을 달려 그들은 마침내 천화대와 청운대가 머물고 있는 숙영지에 도착했다.

"서라! 누구냐?"

"특무대 대주 길버트 플람베르다!"

"추, 충!"

엉겁결에 보고도 못 하고 충을 외치는 경비병들. 그도 그럴 것이, 그의 뒤로 높게 수백의 목이 베어져 기다란 창에 꼬치처럼 꿰어져 있었기 때문이다.

"문을 열라!"

"추, 충!"

CHAPTER 8

장악

펄럭!

막사의 가죽으로 된 입구가 격하게 열리면서 한 명의 기사
가 뛰어들어 왔다.

"대, 대공자께서 오셨습니다!"

"뭐? 그게 무슨……?"

기사의 말에 천화대의 대주인 콘레리우스 벤더필드 경은
놀라 자리에서 벌떡 일어나며 외쳤다. 그러다 자리에 털썩 주
저앉더니 가라앉은 목소리로 다시 입을 열었다.

"어디에 있나?"

"현재 정문 초소에 있습니다."

"청운대에는 전달되었나?"

"아마도 갔을 것입니다. 그런데……."

"왜? 무슨 다른 것이라도 있나?"

"저… 그것이… 직접 가보셔야 할 것 같습니다."

기사는 망설이면서 말했다. 그에 벤더필드 천화대 대주는 고개를 무겁게 끄덕였다. 이미 가문으로부터 연락을 받았다. 대공자가 이백의 특무대를 이끌고 출발했다고. 또한 그에게 플랑드르 수복에 대한 모든 행사의 전권을 주었다.

'제기랄! 총단장이라니… 하나 쉽지만은 않을 것이다.'

그렇게 생각을 짓씹으며 그는 자리에서 일어나 정문 초소로 향했다. 그 와중에 그는 청운대의 대주 존 스컬리를 만났으나 둘은 서로 인사조차 하지 않았다. 그 둘은 서로에게 냉담하게 콧방귀만 남긴 채 나란히 정문 초소로 향했다.

우뚝!

그리고 그들은 정문 초소에서 할 말을 잃고 걸음을 멈춰야만 했다.

"저런……."

"미친……."

벤더필드 천화대주와 스컬리 청운대주는 자신들도 모르게 그들의 눈앞에 전개된 상황에 대해서 어처구니없다는 듯한 표정을 지어 보였다. 222개의 머리가 긴 창대에 꽂혀 있었다. 하지만 겨우 그것으로 그들이 놀라는 것은 아니었다.

긴 창대에 꽂혀 있는 창대에 있는 이들의 면면을 보고 놀란 것이다. 철기대 휘하 10조 조장과 기사, 그리고 칼뤼베이우스 가문의 가병 111명의 목과 9조 조장과 기사, 그리고 가병 111명의 목이었다.

"대공자!"

"이게 무슨 짓입니까?"

그들이 동시에 분노해 입을 열었다. 그에 그들 앞으로 말을 서서히 몰아온 길버트가 그들을 앞에 말을 세우고 위에서 아래로 내려다보며 서늘한 미소를 떠올리며 말했다.

"무엇을 말인가?"

둘은 대공자의 그 섬뜩한 웃음과 물음에 차마 대답을 할 수 없었다.

"아! 뒤에 꽂혀 있는 목들 말인가? 잘 알 텐데? 칼뤼베이우스 가문의 기사와 가병이라는 것을 말이야."

"하, 하나……."

"하나?"

"같은 에퀘스의 성역에 있는 가문으로서……."

"지랄한다."

"무슨……."

"함부로 말을……."

"지랄을 쌍으로 한다고 했다."

그때 길버트는 전신의 기세를 한꺼번에 터뜨리며 나직하게 으르렁거렸다. 그에 천화대주와 청운대주, 그리고 그들을 호위해 온 기사들 모두 전신이 옴짝달싹도 할 수 없음을 느꼈다. 무어라 말을 해야 하겠는데 말문마저 막힌 그런 느낌이었다.

짜르르르.

그들의 전신에서는 사타구니 밑에서부터 시작한 전율이 아랫배로부터 척추를 타고 숨골을 지나 정수리로 향하고 있었다. 눈에서는 노란 별이 터지는 것 같은 느낌이 들었다. 그것은 환희가 아니라 공포였다.

'으으…….'

'이, 이게…….'

천화대주와 청운대주는 속으로 침음성을 삼켰다. 덜덜 떨리는 손을 감추기 위해 주먹을 콱 움켜쥐어야 했다. 하지만 말아 쥔 주먹에서 흘러나오는 축축한 땀은 숨길 수 없었다.

"그대들은 지금 무엇을 하자는 것인가? 전투를 하자는 것인가, 아니면 놀이를 하자는 것인가? 죽이지 않으면 죽는다. 모르는가?"

"…알고 있습니다."

"알고 있다? 알고 있는 자가 그런 말을 하는가? 왜 플랑드르를 되찾는 데 이리도 지지부진하나 했더니 그런 썩은 생각을 하고 있기 때문이었나."

"말이 지나치십니다!"

길버트의 말에 스컬리 청운대주가 노호를 터뜨렸다. 그것은 벤더필드 천화대주 역시 마찬가지였다.

"그래? 그러면 그 말을 죽은 가병들과 기사들 앞에서 해 봐!"

"그건……."

"병신 같은 새끼들이나 내 새끼 죽어가는 것엔 냉정하면서 남의 새끼 죽어가는 것에 대해서는 예의를 따지는 것이다. 저들이 예의를 따지며 내 새끼들을 죽이던가? 정말 그렇게 생각하느냔 말이다."

길버트의 외침은 냉혹했다. 그리고 그 냉혹한 일갈이 너무나도 가슴에 와 닿아서 더 분노가 일었다. 플람베르 가문의 탕아에게 그런 소리를 들을 자신들이 아니었다. 아니, 적어도 플람베르 가문에서 아무런 세력조차 없는 대공자가 할 말은 아니었다.

"말이면 다인 줄 아십니까?"

"그럼? 내 말이 틀렸나?"

"10년이 넘는 시간 동안 가문을 나 몰라라 내팽개친 탕아에게 그런 말을 들을 줄은 몰랐습니다."

"그래, 그것도 맞는 말이지."

그러면서 말에서 내리는 길버트, 그리고 그는 느릿하게 걸어 벤더필드 천화대주와 스컬리 청운대주 앞에서 섰다.

"그래서?"

"······?"

물어보는 길버트의 말에 무슨 뜻인지 몰라 의문의 빛을 내비치는 천화대주와 청운대주.

"그래서 거지발싸개 같은 내 말은 들을 수 없다? 그런 말을 하려면 자격을 보여라 이 말인가?"

"그, 그렇소."

길버트의 기세를 정면으로 받은 두 대주는 힘겹게 입을 열었다.

'크윽! 이건 대체······.'

'내, 내가 알던 대공자가 아니다.'

그들은 그것을 느꼈다. 하지만 이제 와서 약세를 보일 수는 없었다.

"저 정도의 전공이면 되지 않나? 너희 두 병신 같은 놈들이 그동안 상당히 애를 먹었다고 하던 칼뤼베이우스 가문의 철기대 소속 9, 10조장들의 목과 기사, 그리고 가병들의 목인데 말이지."

"그, 그건······."

"왜, 인정 못 하겠나?"

"……."

그들은 감히 말을 할 수 없었다.

자신들에게 쏟아지던 압력이 점점 더 거세지고 있음을 느꼈기 때문이다. 그들은 뒷골을 부여잡고 쓰러질 정도로 경악하고 당황스러웠다. 자신들은 가문 직속의 무력 단체는 아니지만 방계에서도 수위에 드는 무력 단체의 대주를 맡고 있었다.

가문에 가서도 자신들의 무력은 결코 무시 받지 않을 정도였다. 그런데 지금 이 순간 자신들은 그저 해변의 모래알처럼 쓸모없이 느껴지고 있었다. 산보다 높은 거대한 파도가 덮쳐오는 것만 같은 느낌이 들어 정신을 차릴 수가 없었다.

둘은 자신의 어깨를 짓누르는 압력을 견뎌내려 했다.

하나.

주르륵!

그들의 코에서 피가 흘러내렸다. 비릿한 냄새가 정신을 일깨웠다.

'지지 않는다!'

둘은 그렇게 다짐했다.

하지만 그것은 그들의 생각일 뿐이었다. 그들이 생각과는 전혀 다르게 그들의 육체는 이미 압력에 굴복하고 있었다.

부들부들! 털썩!

압력을 견디지 못한 둘은 무릎을 꿇고 말았다. 그 순간 그들의 전신을 옭아매던 기세가 씻은 듯이 사라졌다. 그들은 멍하게 있다 고개를 들었다. 그리고 싸늘한 눈동자가 확대되어 눈알에 박혔다.

"이후 명령 불복종 시 즉결 처분한다. 너희들이 상급의 기사든 젤루스의 기사든 데펙티오의 기사든 상관없다. 내 군령에는 세력과 작위, 그리고 실력을 불문함을 명심해야 할 것이다."

그 말을 남기고 말에 올라탄 길버트가 두 대주의 부관들을 보며 물었다.

"그래서 숙영할 준비는 다 되었나?"

"…그, 그것이……."

"썩어 빠졌군."

차가운 냉소를 날린 후 길버트가 다시 입을 열었다.

"숙영지를 준비한다."

"명!"

그의 명이 떨어지자 208명의 특무대원들이 일사불란하게 움직였다. 이미 아론이 나눠 준 물자로 숙영지를 편성하기 시작했다. 길버트와 두 대주와의 기세 싸움과는 하등의 상관없다는 듯이 제자리 뛰기를 하고 있던 경험 많은 용병들이 움직이기 시작했다.

비록 가병 없이 오로지 208명의 특무대원만 대동한 특무대였지만 삼백 명의 용병은 일백의 가병들보다 더 빠르게 숙영지를 완성했다. 채 한 시간도 지나지 않아 완벽한 숙영지를 편성한 특무대.

"구덩이를 파라."

이어 길버트가 명령을 내렸고, 용병들과 특무대원들은 정문 초소 앞에 커다란 구덩이를 파고 그 구덩이에 222개의 머리를 집어넣고 불을 질렀다. 어둠보다 더 검은 연기가 피어올랐고, 매캐한 살 타는 냄새에 기사들과 가병들은 절로 눈살을 찌푸렸다.

활활 타오르고 있다. 그 활활 타오르는 불빛 속에서 벤더필드 천화대주와 스컬리 청운대주는 어금니를 꽉 깨문 채 분노로 이글거리는 눈동자로 길버트를 쏘아보고 있었다. 하나 길버트는 그런 것에는 전혀 개의치 않는다는 듯이 무심할 뿐이었다.

어느 정도 불이 사그라들자 길버트가 입을 열었다.

"취임식은 명일 새벽에 기상 점호와 동시에 한다. 이상!"

그의 말이 끝남과 동시에 누군가 외쳤다.

"해사아안!"

하지만 기사들과 가병들은 해산하지 않았다. 그들은 눈치를 보고 있었다. 바로 벤더필드 천화대주와 스컬리 청운대주의 눈치를 말이다. 둘은 슬쩍 대원들의 얼굴을 바라봤다. 그리고 나직하게 탄식했다.

'경동하고 있다.'

그랬다.

기사들은 모르겠으나 가병들의 마음이 움직이고 있었다. 길버트의 당당한 모습에, 아군을 아끼고 적에게 잔인하기 이를 데 없는 행동에 가병들의 마음이 움직이고 있는 것이다. 그러다 슬쩍 살아남은 기사들을 훑어봤다.

'절반인가?'

절반 정도가 길버트 대공자 쪽으로 마음이 이동하고 있었다. 그에 둘은 서로를 바라보며 쓴웃음을 지을 수밖에 없었다. 단 몇 분이었다. 그가 존재감을 보인 것은 말이다. 그런데 가병은 물론이고 기사들의 절반이 그에게 마음을 돌리고 있었다.

평상시라면 서로를 보며 으르렁거렸을 두 사람은 어깨를 나란히 하고 막사로 들었다. 하지만 이내 벤터필드 천화대주의 막사로 스컬리 청운대주가 찾아오며 기이한 적막은 깨졌다.

벤더필드 천화대주는 말없이 차를 내왔고, 그들은 한참 동안 차를 마시는 데에만 열중했다.

탁!

그러다 스컬리 청운대주가 소리 나게 찻잔을 내려놓으며 나직하게 말했다.

"어찌하면 좋겠소?"

"무엇을 말이오?"

스컬리 청운대주의 물음에 벤더필드 천화대주는 퉁명스럽게 물었다. 마치 아무것도 모른다는 듯이 말이다.

"지금은 반목할 때가 아니오. 함께 대처해야 할 때요."

"그까짓 탕아 정도는……."

"정말 그렇게 생각하는 것이오?"

청운대주의 물음에 천화대주는 말없이 인상을 있는 대로 쓰며 앞에 놓인 찻잔을 들어 벌컥거리며 단번에 찻잔을 비워버렸다. 그에 옆에 수건을 왼팔에 걸치고 차 주전자를 들고 서 있던 시종이 다시 찻잔을 채웠다.

그에 천화대주는 손으로 휘휘 저어 신경질적으로 나가라는 신호를 내렸다. 시종은 가볍게 허리를 숙이고 막사의 다른 쪽으로 향했다. 그리고 작은 의자로 막사의 벽면을 보고 돌아앉았다.

"솔직히 인정하기 싫지만 그는 생각보다 강했소."

천화대주가 조금은 가라앉은 목소리로 입을 열었다.

"생각보다가 아니오. 상급에 이른 우리를 기세만으로 꼼짝할 수 없이 옭아맸소."

청운대주의 말을 인정한다는 듯이 무심코 고개를 끄덕이는
천화대주.

　　"그리고 아까 그들······."

　　"맞소. 철기대 휘하의 9, 10조장이오."

　　"그 수가······."

　　"투입된 수가 총 522명이오."

　　"그런데 이백의 특무대로 그들을 물리쳤소."

　　"삼백의 용병도 있었소."

　　"보지 못한 것이오?"

　　"무엇을 말이오?"

　　"그 용병들, 10조 조장이 고용한 자들이오."

　　"그걸 어떻게······."

　　"용병들의 선두에 선 자가 익히 얼굴을 알고 있는 자였소."

　　"그렇다는 것은······."

　　"용병들을 흡수했다는 거일 게요."

　　"제길!"

　　그러면서 탁자를 거칠게 내려치는 천화대주였다. 아무짝에
도 쓸모없는 용병이기는 하지만 그들이 대공자의 수족이 된다
면 조금 어려운 점이 있었다. 애초에 자신과 청운대주가 플랑
드르로 오면서 대동한 병력의 수는 삼천가량이었다.

　　천화대 중 1개 대 이백 명과 가병 2,500명, 청운대 1개 대

삼백 명과 가병 1,500명이었다. 그중 대원은 약 20%의 손실을 입었고 가병은 절반 가까이 손실을 입었다. 결국 현재 천화대의 남은 수는 천화대 대원 140명과 1,200명의 가병이었고, 청운대는 240명의 대원과 가병이 700명가량이었다.

전체적으로 봤을 때 기사 380명과 가병 2,100명 정도가 남아 있었다. 하지만 그동안 일진일퇴를 거듭하면서 기사든 병사든 피로가 누적되었고, 번번이 보급로를 공격당해 부족한 보급 사정으로 인해 사기가 많이 떨어진 상태였다.

그런 상황에서 길버트 대공자가 지원을 왔고, 강렬한 모습을 보여주었다. 자신들을 그렇게 괴롭히던 칼뤼베이우스 가문의 9조와 10조를 전멸시켜 버린 것이다. 그리고 자신들이 보는 앞에서 그들의 목을 땅에 묻고 불을 질렀다.

또한 그가 한 말 중에 참으로 말도 안 된다고 생각하지만 바로 '내 새끼'라고 말할 때 병사들의 눈동자가 눈에 띄게 흔들렸다.

"방법이… 없겠소?"

천화대주가 물었다. 그에 청운대주는 슬쩍 막사의 벽을 바라보고 있는 하인을 흘깃거렸다. 그에 천화대주는 괜찮다는 듯이 말했다.

"괜찮소. 귀머거리요."

그에 고개를 끄덕인 청운대주가 소리를 죽여 말했다.

"흘립시다."

"흘리다니……?"

"아직 그가 모든 병사의 마음을 얻은 것은 아니오. 아니, 솔직히 그냥 솔깃해한 것뿐이잖소. 이 상황에서 그들의 마음을 얻기 위해서 그가 할 수 있는 것은 단 하나요."

"전투!"

"바로 그렇소."

"그런데……!"

그러다 눈동자를 크게 뜨는 천화대주.

"위험하지 않겠소?"

"모르게 하면 되지 않겠소?"

"모르게 하다니?"

"이곳이 우리 가문과 칼뤼베이우스 가문과의 다툼이 있는 곳이기는 하지만 다른 가문의 세작들이 없으리란 법은 없지 않소."

"하나 그들이 누군지 어떻게 안단 말이오?"

천화대주의 말에 청운대주는 슬쩍 입꼬리를 말아 올리더니 더욱 은밀한 목소리로 속삭였다.

"마침 내가 정보 길드의 정보원을 한 명 알고 있소."

"정보 길드 말이오?"

"그렇소."

"음."

묵직한 신음을 흘리는 천화대주.

"한데 그것이 들키거나 혹은 대공자가 죽기라도 한다 면……."

"정보 길드가 그렇게 허술하다면 정보 길드라는 이름을 버려야 할 것이오. 그리고 대공자가 죽는다면 그것보다 더 좋은 일이 없잖소."

"그런……."

청운대주의 거침없는 발언에 화들짝 놀라 주변을 둘러보는 천화대주. 그런 천화대주를 보며 여선히 미소를 드리운 채 입을 여는 청운대주.

"뭘 그리 놀라시오. 이미 다 알고 있는 사실 아니오? 그리고 천화대주 역시 나와 비슷한 명령을 받은 것으로 알고 있소만."

"그… 커험!"

연신 헛기침을 하는 천화대주. 하나 이내 고개를 끄덕였다.

"그건 그렇소만 너무 노골적이지 않을까 하오."

"뭐 어차피 우리가 손을 쓰는 것은 아니지 않소."

"그렇긴 한데 과연 그가 전투를 하려 하겠소?"

"보시지 않았소. 길버트 대공자는 과거의 대공자가 아니외다. 감히 에퀘스의 성역에 든 기사라고는 볼 수 없는 포악하고 잔인하며 저급한 모습이었소. 그런 자가 어찌 성역의 2좌에 있는 플람베르 가문을 이어받을 수 있단 말이오."

"물론 그것은 있을 수 없는 일이긴 하오만……."

"그리고 그는 기사들과 병사들의 마음을 휘어잡기 위해 반드시 승리를 가져와야만 하오. 기사나 병사들의 환심을 사는 것으로 승리보다 더한 방법은 없으니까 말이오."

"그건 그렇소. 하면 정보를 흘리고 우리는 그저 보고만 있을 수는 없지 않소."

"뭐 우리는 그저 그의 명에 따르는 척하며 변죽만 울리면 되지 않겠소?"

"그러다 대공자가 죽으면?"

"가문에서 협상단을 구성하겠지요."

"그렇구려. 플랑드르를 버려야 한다는 점에서는 마음에 들지 않지만 가문의 위신을 깎아내리는 대공자를 제거한다는 면에서는 훌륭하오."

"흠흠. 어쨌든 그렇게 알고 정보를 흘리겠소."

"한데 아직 작전 계획이 성립되지 않았잖소?"

그에 일어나려던 청운대주는 눈살을 살짝 찌푸렸다.

'멍청한 놈 같으니라고. 운을 떼면 어느 정도 알아들어야지 하나부터 열까지 모두 알려줘야 하나?'

그렇게 생각하며 극히 잠시 동안 경멸스러운 얼굴을 했다.

하지만 그것은 그가 다시 의자에 앉으면서 씻은 듯이 사라져 버렸다. 그리고 그의 입가에는 예의 포근한 미소까지 떠올리고 있었다.

"그것 역시 별로 어려울 것이 없을 것이오."

"별로 어려울 것이 없다니……."

"명일 날이 밝으면 회의를 소집할 것이고, 그곳에서 작전 계획을 마련하지 않겠소? 또한 작전 계획이 세워졌다고 해서 바로 출병할 수는 없소. 현재 진중에는 여러 가지 일이 산재해 있으니 말이오."

"그렇다는 것은……."

"이곳의 지리는 우리가 더 잘 아오."

"으음, 그렇구려."

그제야 청운대주가 말하는 바를 깨달은 천화대주였다.

'뇌까지 근육인 새끼.'

그런 천화대주를 보며 청운대주는 그렇게 생각했다. 공동의 목표를 위해 잠시 연수를 하기는 하지만 두 번 다시 상대하기 싫은 종자였다.

"그럼 그렇게 알고 이만 물러나겠소이다."

"알겠소. 명일 계획대로 합시다."

"알겠소."

그 말을 남기고 청운대주가 사라졌다. 그에 천화대주는 탁자에 손을 올리고 톡톡 두드렸다.

"나를 이용할 셈이로군."

그러면서 음흉하게 입꼬리를 말아 올리는 천화대주.

"대공자를 죽이고 그 책임을 나에게 물릴 작정이라 이거지?"

청운대주가 뇌까지 근육이라고 비웃었던 천화대주. 그는 이미 청운대주가 왜 자신을 끌어들이려 하는지 알고 있었다.

"그래, 네가 원하는 대로 움직여 주지. 하지만 제거되어야할 자는 내가 아니라 바로 너라는 것을 모르는 모양이로군. 정보를 흘리는 것은 내가 아닌 너니까 말이다. 흐흐흐."

실로 간계와 귀계가 넘쳐나는 청운대주와 천화대주였다. 그가 한참 그렇게 상념에 잠겨 있을 때 막사의 한 공간이 미세하게 일그러지며 사라졌다.

*　　　*　　　*

"열심히 머리를 굴리고 있더군."

"그래? 무슨 머리를?"

"널 죽일 머리."

"어떻게?"

"내일 작전 계획을 짤 때 이곳의 지리를 안다는 이점을 들어 그들 나름대로 방향을 정하고 그 작전 계획을 흘리겠다는 계획이더군."

"그럼 난 죽겠네?"

"그들이 원하는 대로 흘러간다면 말이지."

"거참, 욕하고 죽이려는 사람 많아서 오래 살 것 같기는 한데 별로 달갑지는 않네. 그래서 내가 어떻게 해야 하는데?"

아론의 말에 길버트는 더글러스를 보며 물었다.

"그들의 계획대로 따라줘야지요."

"죽을 자리인 줄 알면서도 뛰어든다고?"

"누가 말입니까?"

"내가."

"어째 농담을 진심처럼 말하십니다."

"어? 안 넘어오는데?"

"지내다 보니 이렇게 되었습니다."

더글러스가 능청스러워졌다. 처음 만났을 때의 그 어리바리하고 고문관 같은 모습은 어디로 던져 버렸는지 모를 정도로 말이다.

"어쨌든 그들이 원하는 대로 한다고 하고, 방안은?"

"천화대와 청운대를 대동하지 않고 특무대 단독으로 작전을 수행합니다."

"하긴 뭐 그러는 게 훨씬 이득이기는 하지. 그런데 용병들은?"

"그들도 함께해야지요."

"그럼 1전대와 2전대로 나누고 용병들도 반으로 나눠야겠군."

"그렇습니다."

"그들이 동의할까?"

"아마 처음에는 반대하겠지만 주군이 출진하시면 쌍수를 들어 환호할 겁니다."

"거참, 달갑지 않군. 그럼 그놈들이 제안할 수 있는 작전이란 게 뭐가 있지?"

그때 브라이언이 앞으로 나섰다. 이미 대화가 이렇게 진행될 줄 알았다는 듯이 말이다. 물론 그것은 네 용병의 출신지를 꿰고 있는 아론의 부름 때문이기도 했다.

"제가 플랑드르 지역 출신입니다."

"오~ 그거 반가운 소리로군."

길버트는 호들갑을 떨었지만 브라이언은 별 반응이 없었다.

"쿵. 재미없네. 어쨌든 그들이 제안할 작전을 대략 유추해 낼 수 있는 건가?"

"현재 우리가 진영을 꾸린 곳은 아슬란 지역이고, 칼뤼베이우스의 추진 부대의 위치는 스톰시티입니다. 지도에서 보시다시피 한 개의 강과 두 개의 산이 가로막고 있습니다."

"그러니까 이렇게 이도저도 하지 못한 대치 상태에 있는 것이겠지. 강으로 가자니 훤히 드러나고, 산으로 가자니 두 산은 아직 몬스터가 소탕되지 않아서 병력의 손실을 입을 테니까."

"그것은 타 가문의 문제이지 특무대에는 해당 사항이 없습니다."

"그……"

무언가 말을 하려다 만 길버트. 그의 머리에 델포르 산의 훈련이 떠올랐기 때문이다.

'이곳의 몬스터가 아무리 억세더라도 델포르 산만 못하다. 그리고 이곳은 철광석 산지에 양모의 산지이기에 상당히 많은 토벌이 이루어진 상태이고, 비교적 타 지역보다 몬스터의 수가 적다.'

거기까지 생각한 길버트의 입꼬리가 기묘하게 말려 올라갔다.

"확실히 델포르 산에 비하면 이곳의 몬스터는 약하지."

"또한 대주님과 부대주님의 기파만 흘려도 근처에 접근조차 하지 못할 것입니다. 문제는 몬스터들의 움직임과 소리니까 말입니다."

"그렇지. 그럼 어렵지 않겠네."

"그렇습니다."

대충 지형에 대한 설명이 끝나가 더글러스가 입을 열었다.

"그들이 제안하기 전에 먼저 제안하시면 됩니다. 시일은……"

"이 정도면 일주일이면 되겠군."

아론이 툭 내뱉었다.

"너무 길지 않아?"

"왕복 일주일. 군이 우리가 그놈들을 칠 시간까지 알려줄 필요는 없지. 일주일이라고 단정 지으면 그놈들은 경계를 하겠지. 어디로 올지 모르니까. 하지만 초반 경계는 그렇게 강하지 않을 거다. 적어도 3일 후부터 경계를 하겠지."

"허를 찌르는 게로군."

"우리는 하루 만에 산을 주파한다."

"용병들이 따라올 수 있을까?"

"그들은 따로 움직이면 됩니다."

"따로?"

길버트와 아론의 대화에 끼어드는 더글러스. 길버트가 그에게 되물었다. 그에 더글러스는 의미심장한 웃음을 떠올리며 말했다.

"제가 잠시 특무대주가 돼야 합니다."

그에 무릎을 탁 치며 탄성을 지르는 길버트.

"용병들의 특무대주가 되겠군."

"그렇습니다."

그에 길버트가 흰 이를 드러내며 웃었다.

"좋아, 그럼 한번 붙어보자고."

*　　　　*　　　　*

"기사아앙!"

커다란 외침이 새벽잠을 깨웠다. 가병들과 용병들, 그리고 기사들이 잠에서 깨어나 임시로 마련된 연병장에 모여 인원 점검을 했다.

그리고.

"구보 준비!"

"악!"

자세를 잡으며 비명과 같은 소리를 지르는 특무대원과와 용병들. 하지만 가병들과 기사들은 그게 무슨 뜻인지 몰라 멀뚱하게 서 있었다. 그리고 웃통을 벗어던진 길버트와 아론, 그리고 그들을 따르는 이들이 대열 좌우로 서며 구보를 시작했다.

한 바퀴.

그냥 지켜봤다. 호기심으로.

두 바퀴.

대충 임시로 만들었다고는 하지만 연병장은 넓었다. 아직까지는 그저 지켜만 보고 있었다.

세 바퀴, 네 바퀴, 다섯 바퀴.

"후욱! 후욱!"

넓디넓은 연병장을 돌면서 체력이 약한 용병들이 하나둘 생기면서 땀이 비 오듯 했고, 휘청거리며 호흡이 거칠어졌다.

반면에 기사의 체면이고 나발이고 어디다 갖다 버렸는지 용병들과 똑같이 웃통을 벗어던진 특무대는 무표정하게 달리고 있었다.

땀 한 방울, 호흡 한 점 흐트러지지 않았다.

열 바퀴.

쓰러지는 용병이 나왔다.

특무대원 중 한 명이 쓰러진 용병을 어깨에 메고 달리기 시작했다. 한 명이 두 명이 되고, 두 명에 네 명이 되고, 네 명이 열 명이 되었다. 그러한 그들을 내버려 두는 이는 없었다. 지친 용병들을 쓰러진 용병들은 하나둘 어깨에 메고 달리는 특무대.

"힘든가?"

길버트가 물었다.

"아닙니다!"

특무대와 용병들이 악을 썼다.

"동료를 버리겠는가?"

"아닙니다."

"좋다! 마지막 한 바퀴! 전력 질주다!"

"우와아아악!"

그들은 마지막 한 바퀴를 전력 질주했다. 용병들을 어깨에 메고 말이다. 그리고 다시 오와 열을 맞춰 정렬했고, 길버트가 높은 단상에 서서 다시 입을 열었다.

"PT 체조 1번! 10회! 몇 회?"

"10회!"

"9회 실시! 하나! 둘! 셋! 넷!"

"하나!"

체조를 했다.

처음엔 구보를 하는 그들의 모습에 흥미를 느끼는 듯 보았다. 하지만 뒤로 가면 갈수록 기하급수적으로 늘어나는 회수에 그들은 기가 질리고 말았다.

'저게 체조야?'

'무슨 아침 운동을 저리 격렬하게……'

'벌써 두 시간째다.'

새벽 5시에 일어나 7시까지 진행되었다. 그중 PT 체조 8번은 그냥 보기만 해도 온몸이 뒤틀리는 것 같았다.

"오늘은 가볍게 이걸로 마친다. 해산!"

"해사안!"

용병들과 특무대가 해산했다. 그것을 본 천화대와 청운대는 이미 기가 질려 있었다. 기사들조차 얼굴이 딱딱하게 굳었다.

'마나를 쓰지 않고 나는 과연 저 체조를 감당할 수 있을까?'

순간적으로 든 그들의 생각이다. 기사들은 그렇다 치고 가병들의 생각은 조금 달랐다. 가병도 아닌 용병들이었다. 구보

간에 그들은 단 한 명의 낙오자도 없었다. 쓰러졌으나 특무대가 어깨에 메고 뛰었고, 휴식을 취한 그들은 어깨에서 내려 다시 끝까지 완주했다.

'이 넓은 연병장을…….'

'그 누구도 버리지 않는다.'

'한 번 전우는 영원한 전우다. 그것이 설사 용병이라 할지라도.'

병사들은 그것을 보았다. 그런 병사들과 기사들의 반응을 떨떠름한 표정으로 지켜보고 있는 천화대주와 청운대주. 그들은 서둘러 해산 명령을 내렸고, 가병들과 기사들은 특무대를 흘깃거리며 지정된 막사로 이동했다.

'약은 수를 쓰는군.'

'그렇다고 넘어갈 우리가 아니다.'

그 둘은 그렇게 생각했다. 어차피 살날이 멀지 않았다.

'조식 후 작전회의 때 보자.'

'천한 새끼들. 어찌 기사가 용병들을 전우로 받아들인단 말인가?'

몇몇은 그렇게 생각했다. 정말 몇몇은 말이다. 그렇게 두 시간가량의 기상 체조가 끝나고 조식이 준비되었다. 길버트와 아론, 그리고 특무대는 똑같이 식판을 들고 가병들과 함께 배식 줄에 섰다.

"뭐 하나?"

"아? 아, 예. 여기⋯⋯."

식량 사정이 좋지 않은지 고기라고는 볼 수 없는 멀건 수프와 이빨도 안 들어갈 딱딱한 빵, 그리고 정체 모를 풀 몇 개가 올려졌다.

"고맙군."

길버트가 받고, 아론이 받고, 기사들이 받고, 용병들이 그렇게 차례대로 받았다. 10명 1개 조로 한 개 조가 모이면 그때 숟가락을 들었다. 그리고 그런 그들이 반드시 외치는 말이 있었다.

"감사히 먹겠습니다!"

우렁찬 소리.

그 소리에 배식을 담당한 가병의 손이 부르르 떨렸다. 뜻 모를 눈물이 흘러나와 그것을 감추려 급히 고개를 돌렸을 때 다른 배식 담당 가병 역시 자신과 똑같은 행동을 하고 있었다. 머쓱하게 웃고 그들은 다시 배식을 하기 시작했다.

가병들은 그 모습을 하나도 놓치지 않고 지켜보았다. 또한 특무대와 용병들의 그런 우렁찬 소리에 무슨 일인가 싶어 막사 밖으로 나온 기사들 역시 그 모습을 보았다. 그들은 한참 동안 그 모습을 지켜보다 자신의 손에 쥐어진 포크와 나이프를 멀뚱하게 바라보곤 막사로 들어갔다.

개중 몇 명의 기사는 자신의 식사를 들고 나와 칼로 고기를 베어 가병들이 먹는 멀건 수프에 툭툭 잘라 넣었다. 그리고 배식판을 들고 가병들의 뒤에 서서 배식을 받았다. 가병들은 고개를 숙여 그들에게 고마움을 표했다.

기사들은 애써 무표정을 가장했지만 그들의 입가는 알게 모르게 꿈틀거리고 있었다. 가슴 한편에서는 자신도 모를 일체감 같은 것이 들었다.

'그래, 이것이 동료이자 전우가 아니던가?'

'저들은 나와 싸우는 자들 아닌가? 그런 그들을 어찌 가병이라는 이름하에 차별을 둘 수 있겠는가?'

'잘한 일이다. 백번 생각해도 잘한 일이고, 진즉 이리 해야 했다.'

기사들과 가병들은 서서히 변하기 시작했다. 아주 서서히 말이다. 하지만 결코 그런 모습을 좋게만 보는 이만 있는 것은 아니었다.

"기사는 가병을 지휘하는 입장이다. 지휘관이 없으면 가병은 존재할 이유가 없다. 그러하기에 지휘관은 목숨을 중히 여겨야 하며, 언제나 속이 든든해야 한다. 지금 당장에야 고마움을 표하겠지만 진정 전투에 임했을 때 그러할지는 장담할 수 없다. 왜냐하면 가병이란 그런 존재이니까 말이다."

"얕은 수를 쓰는군."

분명 그들의 말은 틀리지 않았다. 하지만 왠지 믿음은 그들보다 자신들에게 자신이 먹던 고기를 썰어주고 같이 배식을 받은 기사들에게 더 향했다. 그렇게 한 시간의 조식이 끝나고 일상으로 돌아갔고, 지휘관급의 기사들은 호출되어 작전회의 막사로 향했다.

"칼뤼베이우스 가문의 선봉대를 칠 생각이오."

"그렇습니까?"

"어제 도착하셨는데 무리가 아닐지요."

천화대주와 청운대주는 짐짓 길버트를 걱정하는 듯한 말을 했다. 하지만 그들은 속으로 쾌재를 부르고 있었다. 자신들이 예상한 대로 작전회의가 흘러가고 있었기 때문이다.

"언제까지 이렇게 대치 상태로만 있을 수는 없소. 특히 가주께서 와병 중이시니 될 수 있으면 이 상황을 빨리 마무리 짓는 것이 좋을 듯싶소."

"그야 그렇지만……."

"그러해서 준비되는 대로 출진할 생각이오."

"하면 병력은……."

"특무대로만 기습할 작정이오."

"기습입니까?"

"하지만 기습하기에는 어렵지 않겠습니까?"

"강으로는 너무 일찍 발각될 우려가 있어 어려울 터이고, 타베스 산과 티말 산으로 병력을 나눠 이동할 생각이오."

"몬스터 때문에 어렵지 않겠습니까?"

"그것은 감수해야 하지 않겠소?"

"그야 그렇지만……."

"어차피 빠른 기동을 위해 특무대만을 대동할 터이니 어렵지 않을 것이오."

"하면 출진은 언제쯤 할 요량이십니까?"

"이틀 후 새벽에 출발할 생각이오."

"너무 빠르지 않겠습니까? 아직 노독이 풀리지 않은 상태 같은데 말입니다."

"이것저것 따지기에는 시간이 없소. 그리 알고들 준비해 주시오."

"알겠습니다."

작전회의는 아주 간단하게 끝이 났다. 그에 천화대주와 청운대주는 슬며시 웃음을 떠올렸다. 청운대주는 막사로 돌아오는 즉시 누군가를 호출했고, 아주 작은 양피지에 무언가를 쓰고 둘둘 말아 그에게 전달했다.

호출된 이는 바로 밖으로 나가 주변을 둘러본 후 어딘가로 향했고, 휘파람을 불었다. 그에 하늘에서 날갯짓을 하며 무언가 떨어져 내렸다. 작지만 속도가 빠르고 회귀 본능이 있는 천둥새였다.

사내는 천둥새의 발에 작은 양피지를 매달아 허공으로 날려 보냈고, 말없이 하늘 높이 날아가 일정한 방향으로 향하는 천둥새를 본 후 다시 은밀하게 본래의 자리로 돌아갔다.

*　　　　*　　　　*

천둥새가 향한 곳은 스톰시티의 어느 높은 탑이었고, 그곳에서 한 명의 사내가 천둥새를 받아 바로 발목의 문서를 확인한 후 사라졌다.

"플람베르 가문의 애송이가 우리를 기습한다고 하는구려."

"흥! 어리석은 놈."

스톰시티를 장악하고 있는 칼뤼베이우스 가문 휘하 철기대의 3, 4조장은 작은 양피지를 앞에 두고 헛웃음을 지었다.

"이틀 후 타베스 산과 티말 산을 통과한다고 하니 대략 일주일 정도 걸리겠군."

"그렇소."

"하면 가병들과 기사들을 충분히 쉬게 한 후 3일 후부터 경계를 끌어 올리는 것이 좋겠구려."

"그전에 용병들을 보내 타베스 산과 티말 산의 접근로를 감시하는 것이 좋겠소."

"용병들을? 그놈들은 믿을 수가 없어서……."

"죽어도 그리 큰 문제는 없지 않겠소이까?"

"그건 그런데 말이오."

"일단 현 상황에 집중합시다. 내용을 보니 애송이를 죽이길 원하는 모양이오."

"허어~ 플람베르 가문도 명이 다했군. 가문의 대공자를 죽이려 하다니."

"뭐 그런 일이 어디 하루 이틀이었소? 플람베르 가문의 가주가 쓰러진 이후 후계 경쟁이 본격화될 때부터 매양 있던 일 아니오? 그 덕분에 우리가 플랑드르를 어렵지 않게 점령할 수 있었고 말이오."

"그 대공자라는 애송이를 죽이면 무엇을 준다고 했소?"

웨인 게이시 4조장의 말에 로버트 픽턴 3조장은 누런 이를 드러내며 입을 열었다.

"이곳."

그에 게이시 4조장도 누런 이를 드러내며 입이 함지박만 하게 변했다.

"크하하하하! 이거이거 완전 노다지로군."

"그러게 말이오. 플람베르 가문의 대공자를 죽인 공과 폴랑드르를 얻는 공 모두 우리가 얻을 수 있을 것이오."

"잘만 한다면 그렇게 되겠지요."

"불가능할 거라고 생각하는 거요?"

"조금 너무 쉽다는 생각이 들어서 말이오."

"너무 쉽다……. 확실히 그런 면이 없지 않아 있긴 하오만."

그렇기는 했다. 그러다 불현듯 생각나는 것이 있었다.

"한데 그 애송이를 처리하러 간 9조와 10조는 어찌 되었소? 그들 역시 이 모종의 정보를 얻고 움직인 것 같은데 말이오."

"그건……."

깜빡했다는 듯이 살짝 놀란 얼굴을 해 보이는 3조장.

"그들과 마법 통신이 되오?"

"안 되오."

"플랑드르에서 마법 통신이 안 되는 곳이 있소?"

"산속으로 들어가면 대부분 통신이 되지 않소."

"그건 그런데……."

픽턴 3조장은 깊은 생각에 잠겼다. 그것은 게이시 4조장 역시 마찬가지였다. 그들은 동시에 불길한 감각이 스멀스멀 솟아오르는 것을 느꼈다.

"느낌이……."

픽턴 3조장이 그리 말을 하면서 끝을 흐렸지만 이것이 얼마나 부질없는 짓인지 너무나 잘 알고 있었다. 가끔의 전투에서는 느낌으로 행할 때도 있지만 대부분의 전투는 느낌보다는 명확한 사실에 입각해야 한다.

"어떻게 판단해야 할지 모르겠군."

"길이 엇갈릴 수 있지 않겠소?"

"그야 그렇지만……."

"그리고 애송이의 도착이 예상보다 빨랐소. 그것은 그들이 지름길을 이용했다는 것을 증명할 수도 있음이니 길이 엇갈릴 수 있을 것이오."

"하지만 너무 오래지 않소?"

"그렇긴 한데 지금으로선 딱히 어떤 꼬투리를 잡기 어려울 것 같소이다. 다만 정체 모를 불안감이 문제인데 이 정도의 불안감은 전투를 나서기 이전에 항상 있어왔던 것 아니겠소."

"그렇기는 하오만……."

둘 다 결정을 내리지 못하고 있었다. 확실히 이들은 플람베르 가문과는 달리 결속력을 가지고 있었다. 하지만 여기서 중요한 것은 서로 결정을 미루고 있다는 것이었다. 만약 실패한다면 그 책임을 물어야 하기 때문이다.

"나는 타베스 산으로 가겠소."

"하면 나는 티말 산이겠구려."

"그렇소. 아직 알지 못한 사항보다는 지금의 드러난 일에 집중하는 것이 좋을 것 같소."

그리고 픽턴 3조장이 결정을 내렸다. 게이시 4조장 역시 조심스럽게 고개를 주억거렸다.

"그 이전에 대주께 연락을 취해야 할 것 같소."

"확실히 그 편이 좋겠소."

결국 둘은 그 공을 철기대주에게 넘기기로 했다. 자신들이 소화하기에는 덩치가 너무 컸다. 아무리 애송이고 탕아라고는 하지만 그는 플람베르 가문의 대공자였다. 그리고 플랑드르라는 절호의 지역이었다.

위험부담을 최소화하기 위해서는 자신들이 결정할 것이 아닌, 대주에게 알리고 그 명령을 따르는 것이 좋을 듯싶었다.

가장 만족할 만한 결과를 도출한 둘은 슬며시 미소를 떠올렸다. 그리고 곧바로 이동해 마법 통신으로 현재의 상황을 낱낱이 보고했다.

—그렇단 말이지?

"그렇습니다."

—9조와 10조는 따로 사람을 보내 확인하면 될 것이고, 문제는 대공자겠군.

"그렇습니다."

—그래서 픽턴 자네가 타베스 산으로 가고 게이시 자네가 티말 산으로 가겠다고?

"그렇습니다."

—흠. 두 산을 가장 빠르게 경유한다면 어느 정도 시간이 걸릴 것이라 생각하는가?

"아무리 빨라도 이틀입니다. 그것 역시 몬스터를 만나지 않는다는 전제하에 말입니다."

─하면 지금 바로 움직여.

"예?"

─이틀 후라면 지금 움직여야 도달할 수 있지 않은가?

"그것은 가장 빨랐을 경우입니다."

─전투는 항상 최악의 경우를 상정해야만 한다. 설마 잊은 것인가?

"죄, 죄송합니다."

─지금 바로 움직인다. 철기대 역시 지금 움직일 것이다.

"알겠습니다."

명을 받은 3조와 4조 조장은 급하게 움직였다. 자신들이 너무 안일했다는 것을 깨달은 것이다. 마법 통신실을 벗어난 그들의 얼굴엔 다급함이 떠올라 있었다.

『용병들의 대지』 4권에 계속…

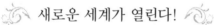

초대형 24시 만화방

신간 100%, 샤워실, 흡연실, 수면실(침대석), 커플석, 세탁기 완비

■ 강북 노원역점 ■

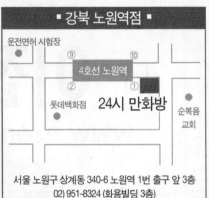

서울 노원구 상계동 340-6 노원역 1번 출구 앞 3층
02) 951-8324 (화용빌딩 3층)

■ 일산 정발산역점 ■

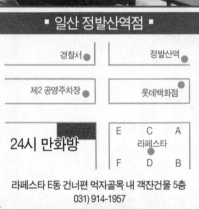

라페스타 E동 건너편 먹자골목 내 객잔건물 5층
031) 914-1957

■ 일산 화정역점 ■

경기도 고양시 덕양구 화정동 984번지 서일빌딩 7층
031) 979-4874 (서일사우나 건물 7층)

■ 부천 역곡역점 ■

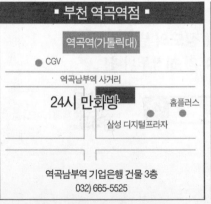

역곡남부역 기업은행 건물 3층
032) 665-5525

■ 부평역점 ■

(구) 진선미 예식장 뒤 보스나이트 건물 10층
032) 522-2871

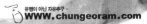

이경영 판타지 장편소설

FANTASY FRONTIER SPIRIT

그라니트

용들의 땅

G R A N I T T

사고로 위장된 사건에 의해 동료를 모두 잃고 서로를 만나게 된 '치프'와 '데스디아'.
사건의 이면에 상식을 벗어난 음모가 있음을 알게 된 둘은
동료들의 죽음을 가슴에 새긴 채 각자의 고향으로 돌아간다.
2년 후, 뜻하지 않게 다시 만난 두 사람은 동료들의 복수를 위해
개척용역회사 '그라니트 용역'을 설립해 다시금 그 땅을 찾게 되는데……

용들이 지배하는 땅 그라니트!
그곳에서 펼쳐지는 고대로부터 이어지는 운명적 만남,
깊어지는 오해, 그리고 채워지는 상처.

『가즈 나이트』시리즈 이경영 작가의 미래형 판타지 신작!

Book Publishing CHUNGEORAM

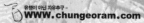

유행이 아닌 자유추구 -
WWW.chungeoram.com

강준현 장편소설
FUSION FANTASTIC STORY
인생을 바꿔라
『복수의 길』, 『개척자』 강준현 작가의
2016년 신작!
자신이 무엇인지 알지 못하는 정신체, 염.
세상을 떠돌며 사람의 몸속으로 들어가
에너지를 얻고 나오길 반복하던 어느 날.
사고로 인한 하반신 마비, 애인의 이별 선언,
삶에 지쳐 자살하려는 김철의 몸에 들어가게 되는데……
"뭐, 뭐야! 아직도 못 벗어났단 말이야?"
새로운 삶을 살리라,
정처 없이 떠돌던 그의 인생 개척이 시작된다!
"어떤 삶인지 궁금하다고? 그럼 한번 따라와 봐."
Book Publishing CHUNGEORAM
유행이 아닌 자유추구 -
WWW.chungeoram.com

궁극의 쉐프

가프 장편소설

『궁극의 쉐프』

태초의 우물에서 찾은 사막의 기적.
사람의 식성과 식욕을 색으로 읽어내는 능력은
요리의 차원을 한 단계 드높인다.

요리란!
접시 위에 자신의 모든 것을 담아내는 것.

쉐프란!
그 요리에 자신의 가치를 증명하는 사람.

"요리 하나로 사람의 운명도 좌우할 수 있습니다."

혀를 위한 요리가 아닌, 마음을 돌보는 요리를 꿈꾸는
궁극의 쉐프 손장태의 여정이 시작된다!

Book Publishing CHUNGEORAM

유행이 아닌 자유추구 -
WWW.chungeoram.com